Annette G. Krupka

Virus

6 Fall um Katherina "Kate" Schulz

Impressum

© 2020 Annette Gisela Krupka
Herstellung und Verlag: BoD – Books on Demand,
Norderstedt
ISBN 9783751932806

Das Buch

Ein globaler Virus legt faktisch das gesamte öffentliche Leben lahm, auch Plauen ist davon betroffen, das Büro von Schulz Security – verweist.
Da verschwinden nach und nach drei junge Mädchen.
Die Polizei glaubt noch an Ausreißerinnen, die dem Isolationszwang kurzzeitig entgehen wollten. Verzweifelte Eltern wenden sich an Kate Schulz, die, Kontaktverbote hin oder her, zu ermitteln beginnt.
Als eines der jungen Mädchen tot in einer Plauener Industriebrache gefunden wird, ist die Polizei aufgeschreckt.
War es ein Unfall oder Mord? Wo sind die beiden anderen Mädchen? Was verbindet diese drei Mädchen, die sich vorher nicht zu kennen schienen?
Während fieberhaft ermittelt wird, macht Steven Neubauer, der IT- Spezialist von Schulz Security, eine verstörende Entdeckung.

Kapitel 1

„Echt? Ihr habt Schiss?" Marvin leuchtete seinen beiden Kumpels Nicolas und Bastian mit seinem iPhone ins Gesicht. Nicolas hob beide Hände.

„Hör auf mit dem Scheiß", knurrte dieser und setzte sich auf die festgebundene Schaukel. Marvin steckte sein iPhone wieder in die Tasche seines Hoodies und sah die beiden auffordernd an. „Mensch, das ist doch öde. Wenn uns die Bullen erwischen sind wir so und so am Arsch. Ob wir hier sind oder dort. Aber dort haben wir wenigstens bisschen Action."

Die drei hatten sich, trotz dem bestehenden Verbot, auf dem kleinen Spielplatz getroffen, der auch sonst ihr Treffpunkt war. Aber jetzt war eben alles anders. Sie müssten eigentlich zu Hause sein. Es herrschte Kontaktverbot. Schon gar auf Spielplätzen, die dazu noch sichtbar abgesperrt waren.

Marvin hatte vorgeschlagen, in eine Industrieruine zu gehen. Lost Places, wie er es großspurig nannte, und dort ein wenig herumzustöbern und vielleicht einen Clip zu drehen.

„Wir laden ihn dann bei YouTube hoch", hatte er vorgeschlagen.

„Toll." Bastian hatte sich mit der Faust vor die Stirn geschlagen. „Jeder sieht uns dann und mein Alter vielleicht auch. Da ist Stress echt vorprogrammiert."

Bastian Keilwerts Vater war Polizeibeamter und wenig begeistert über die Tatsache, dass sein vierzehnjähriger Junior ständig über die Stränge schlug.

Auch Nicolas, der sonst von Marvins Ideen immer beeindruckt war, zeigte dieses Mal kein großes Interesse.

„Gut", sagte Marvin schließlich und klatschte in die Hände. „Dann geht mal wieder fein zu Mami und Daddy. Auf solche Loser, wie euch, kann ich verzichten." Er drehte sich um und schlenderte über den Spielplatz in Richtung Straße.

„Eh, Marvin, warte doch mal", rief Nicolas ihm nach. In diesem Moment ging in dem Haus neben dem Spielplatz Licht an und kurz darauf ein Fenster auf.

„He, ihr drei. Macht euch nach Hause. Ich rufe die Polizei. Hier ist abgesperrt", rief eine Männerstimme. Marvin, der im Halbdunkel stand, hob den Kopf.

„Krieg dich wieder ein, Opa", rief er und schlenderte weiter. Bastian, in der Angst erkannt und an seinen Vater verraten zu werden, setzte mit großen Schritten Marvin nach.

„Warte doch", rief er und sah sich zu Nicolas um, der auch angetrabt kam. An der unteren Hausecke holten sie Marvin ein.

„Also gut", sagte Bastian. „Wo willst du mit uns hin?"

Marvin grinste. „Kommt mit, sind bloß paar Meter." Das Gebäude der ehemaligen Plauener Damenkonfektion an der Ricarda-Huch-Straße war schon viele Jahre dem Verfall preisgegeben und nur nachlässig geschützt.

Marvin war hier bereits mehrfach in der Ruine gewesen, aber immer tagsüber und allein. Jetzt, fast um

7

Mitternacht, hatte es natürlich einen eigenen Kick.

Nicolas sah das Gebäude stirnrunzelnd an.

„Das?", fragte er ungläubig. „Was soll daran besonders sein?"

Marvin blieb so plötzlich stehen, dass sein Kumpel auf ihn auflief. „Wenn du eine bessere Idee hast, nur zu."

Nicolas brummte etwas unverständliches und Marvin nickte. „Na also", sagte er und ging voran.

Er kannte die leicht zu öffnende Seitentür von seinen bisherigen Besuchen. Erst als auch Bastian hereingekommen und die wackelige Holztür hinter sich geschlossen hatte, beleuchtete Marvin mit seinem iPhone die Wände, die voll mit Graffitis waren.

Überall lag Unrat herum, Matratzen, alte Müllsäcke, undefinierbare Gegenstände.

„Und wenn hier Penner hausen?", fragte Nicolas, der eine der Matratzen, neben der ein Kerzenstumpf und ein Topf standen, näher inspizierte.

„Na, die verpfeifen uns mit Sicherheit nicht. Die können doch froh sein, wenn sie hier unentdeckt bleiben", sagte Marvin lockerer, als ihm tatsächlich zumute war. Daran hatte er nicht gedacht, aber er würde das und die Tatsache, dass er ein mulmiges Gefühl deswegen hatte, um keinen Preis vor den beiden zugeben. „Gehen wir nach oben", sagte er.

Die Treppen waren überraschend stabil, wenn auch ebenfalls komplett zugemüllt. Oben betraten sie einen riesigen Raum, der wohl mal eine der Produktionshallen gewesen sein musste.

„Hier gab es 1918 ein schweres Explosionsunglück mit fast 300 Toten. Die meisten sind verbrannt, weil sie nicht rauskamen. Die Fenster waren vergittert", sagte Marvin und deutete auf die lange, jetzt glaslose Fensterreihe.

„Boah", machte Nicolas. Eines musste man Marvin ja lassen, er wusste eine Menge. Ein richtiges wandelndes Wikipedia.

„Die Geister der Toten spuken hier immer noch", sagte dieser jetzt mit tiefer Stimme.

Bastian lachte leise. „Spinner", sagte er nur. Dann streckte er den Hals.

„Eh, leuchte mal da in die Ecke", sagte er plötzlich aufgeregt.

Marvin trat neben ihn und tat, was er sagte.

Die untere Hälfte einer Matratze war zu sehen und weiße Schuhe. Langsam gingen die drei Jungs näher heran. Jetzt sahen sie auch weißbestrumpfte Beine und einen gebauschten Spitzenrock.

„He, eine Puppe. Eine Schaufensterpuppe", sagte Nicolas und ihm war die Erleichterung anzuhören.

Bastian beugte sich weiter nach vorn und schnellte so plötzlich zurück, dass er fast Marvin zu Fall brachte.

Er war leichenblass und zitterte unkontrolliert.

„Das ist keine Puppe, das ist eine Tote."

Kapitel 2

Kate saß auf der Terrasse in ihrem Lieblingsstuhl und hatte die Füße auf die Brüstung gelegt.

Ein Eichhörnchen rannte gerade über den Rasen, stoppte, warf ihr argwöhnisch einen Blick zu, um kurzerhand den Stamm der Kiefer hinaufzuklettern.

Zum gefühlt vierten Mal innerhalb der letzten halben Stunde hatte Kate auf ihre Uhr geschaut und stellte jetzt mit einem tiefen Seufzer die Füße auf die Fliesen und stand auf.

Sie war heute über eine Stunde joggen gewesen, hatte ein Beet im Garten umgegraben und einen Schrank aus- und wieder eingeräumt.

Jetzt klingelte das Telefon und fast wie eine Ertrinkende griff sie danach. „Ja, Abby, was gibt es?"

Annalena „Abby" Heimat hatte, wie alle anderen auch, ihr Studium derzeit unterbrechen müssen und schaffte jetzt in Kates Büro „endlich mal wieder Ordnung", wie sie es genannt hatte.

Die derzeitige Mitarbeiterin, Sandy Lechner, die Abbys Platz bei Schulz Security eingenommen hatte, war weder so strukturiert noch so pfiffig wie Abby und bereits seit über einem Monat krank.

Daher war Kate heilfroh gewesen, als Abby plötzlich in der Tür stand und ihr eröffnete, dass die Uni auf unbestimmte Zeit geschlossen wurde.

Der Virus, der sich rasant global ausbreitete, machte auch vor Plauen nicht halt und so musste schließlich Kate ihr Büro für den Publikumsverkehr schließen.

Personenschutz wurde derzeit nicht nachgefragt, ebenso wenig wie andere detektivische Fälle.

Glücklicherweise verfügte Kate über genügend finanzielle Mittel, um nicht nur selbst einige Monate überbrücken zu können, sondern auch ihre Mitarbeiter zu bezahlen.

Abby war derzeit die Einzige im Büro. Sie sichtete Akten und rief Kate gefühlte hundert Mal pro Tag an, entweder um sich über Sandy Lechners Arbeitsweise zu beklagen oder weil sie in irgendeiner Akte einen interessanten und völlig neuen Ansatz gefunden hatte.

So wappnete sich Kate für ein neues, eventuell auch längeres Gespräch.

„Soll ich dir heute Abend etwas zu essen vorbeibringen?"

Kate starrte ihr iPhone an. Damit hatte sie jetzt wirklich nicht gerechnet. „Ähm, ja", sagte sie und fasste sich dann. „Das ist ganz lieb, Abby, aber ich denke, Mike bringt etwas mit. Aber danke nochmal."

Sie hörte am anderen Ende das Klacken von der Computertastatur. Und, würde sie jetzt noch etwas sagen, zu einer Akte oder zu Sandy? Kate war gespannt.

„Gut, dann mache ich auch Schluss für heute. Ich melde mich morgen wieder, okay? Noch einen schönen Abend und halte die Ohren steif."

Noch ehe Kate etwas sagen konnte, war die Verbindung getrennt. Sie schüttelte den Kopf und begann schließlich zu lachen.

Gott, sie wurde wirklich wunderlich, oder sollte sie besser sagen, sie bekam den gefürchteten Lagerkoller? Kontaktbeschränkungen, Ausgangsbeschränkungen, das alles zerrte ungemein an ihren Nerven. Dabei hatte sie bei ihren Undercovereinsätzen beim FBI sehr oft in nahezu vollständiger Isolation zugebracht. Aber das war selbstgewählt, war ihr Job gewesen. Jetzt war es eine verordnete Teilisolation, die sie nur schwer aushalten konnte.

„Reiß dich zusammen", sagte sie zu sich selbst und stand auf.

Es war nur ärgerlich, dass ihre geplante Reise nach Israel auch diesen Beschränkungen anheimgefallen war.

Es war Omar gewesen, der diesen Besuch organisiert und sie faktisch damit überrumpelt hatte.

Ohne sein Engagement bei der Forschung nach ihrer leiblichen Großmutter hätte sie nie die Details über ihre eigene Herkunft erfahren.

Ihre Tante Sarah lebte mit ihrer Familie, seit sie mit ihrer Mutter, Kates leiblicher Großmutter, das KZ Auschwitz wie durch ein Wunder überlebt hatte, in Israel. Nach dem Besuch hier bei ihr und einer langen Nacht mit Gesprächen hatte ihre Tante sie nach Israel eingeladen und Kate hatte spontan zugesagt und auch sofort einen Flug gebucht, wohl aus Angst, es sich mit einigem Abstand wieder anders zu überlegen.

Aber nun war ihr von anderer Seite die Entscheidung abgenommen worden.

Als es an der Eingangstür klingelte, war Kate erleichtert. Über die Überwachungskamera sah sie Hauptkommissar Mike Köhler die Treppe heraufgehen.

Ihr Lebensgefährte schwenkte mit einem Karton, auf dem das Logo eines indischen Imbisses zu erkennen war.

Kate riss die Tür auf und atmete tief ein.

„Gott sei Dank", sagte sie und beugte sich vor, um sich einen Kuss auf die Wange drücken zu lassen.

Mike lächelte.

„Du tust ja, als bist du hier in Einzelhaft in Alcatraz", sagte er und übergab ihr den Karton.

Sie lächelte schief. „Naja, sagen wir, fast."

Kapitel 3

Charlotta saß am Fenster und sah hinaus. Mein Gott, war das öde, alles dunkel auf dem Platz, wo sie sich sonst mit ihren Freunden traf, abgesperrt mit rot-weißem Flatterband.

Im Wohnzimmer hörte sie das Gegröle irgendeiner Quizshow, die Bernhard schaute und ihre Geschwister balgten sich gerade um irgendetwas, jedenfalls schrie Melli wie am Spieß.

„Jetzt ist aber bitte mal Schluss", rief Bernhard dazwischen und plötzlich sprang Charlottas Kinderzimmertür auf und Bill flog, mehr als er rannte, herein. „Spinnst du? Mach dich raus!", blaffte sie ihren zehnjährigen Bruder an.

„Eh, hab` dich nicht so", konterte der.

Charlotta sprang auf. „Raus jetzt oder ich scheuer dir eine."

Ihr Bruder streckte ihr die Zunge raus und rannte aus dem Zimmer, die Tür offenstehen lassend.

Charlotta stürmte in den kleinen Flur, wo ihr Melli mit verheulten Augen entgegenkam.

„Bill hat mich gehauen. Charlie, hilf mir."

Die Sechsjährige klammerte sich an Charlottas Bein so fest, dass diese fast hinfiel.

„Hör auf." Charlotta war genervt und versuchte sich aus der Umklammerung zu befreien.

„Bernhard", rief sie ins Wohnzimmer. „Wann kommt Mama denn heim?"

„Nicht vor zehn, das weißt du doch", versuchte der

Lebensgefährte ihrer Mutter den Ton des Fernsehers zu übertönen.

Inzwischen kam Bill wieder aus seinem Zimmer gerast und erschreckte seine kleine Schwester mit einer Zombiemaske, die er sich über das Gesicht gezogen hatte. Melli schrie wie am Spieß.

„Jetzt reichts aber wirklich." Bernhard stand plötzlich im Flur und hob die brüllende Melli hoch, die sich an seinen Hals klammerte. Bill raste mit einem schauerlichen Heulen zurück in sein Zimmer.

„Wir werden alle noch irre, wenn diese Ausgangsbeschränkungen nicht bald aufgehoben werden", sagte er zu Charlotta, während er Melli beruhigend über das Haar strich.

„Solange werde ich nicht warten. Ich hau hier ab", sagte Charlotta und schloss kurz die Augen.

Der Lebensgefährte ihrer Mutter sah sie stirnrunzelnd an. „Mach keinen Scheiß, du weißt doch wie das wieder endet.", sagte er leise, aber sie schüttelte nur den Kopf. Wenn sie wieder abhaute, würde wieder das Jugendamt kommen und ihre Mutter würde unter Tränen versichern, das Charlotta doch ein gutes Mädchen sei. So war es jedes Mal.

Als Bill wieder brüllend aus seinem Zimmer, diesmal ein Lichtschwert aus Plastik schwenkend, gerannt kam, packte Bernhard ihm am Arm. „So, jetzt ist endgültig Schluss", donnerte er los, was wirklich selten vorkam.

Das mochte Charlotta an Bernhard.

Er war ein verträglicher und ruhiger Mensch, der die

kleine Familie wie selbstverständlich als seine eigene angenommen hatte.

Ganz anders als ihr leiblicher Vater, der mit seinen Wutausbrüchen alle regelmäßig in Angst und Schrecken versetzt hatte. Aber jetzt war es sogar dem ausgeglichenen Bernhard zu viel.

„Du verschwindest jetzt in deinem Zimmer. Und zwar augenblicklich." Er sah Bill finster an, der nur grinste.

Bernhard setzte Milli ab, schob sie sanft ins Wohnzimmer und ging dann auf den noch immer grinsenden Bill zu, der sich jetzt scheinbar doch unwohl zu fühlen begann und zurückwich.

„Du darfst mich nicht schlagen", sagte er mit überschlagender Stimme und Charlotta stieß ein verhaltenes Lachen aus. Als ob Bernhard je die Hand gegen eines der Kinder erhoben hatte.

Dieser zog die Augenbrauen nach oben und ging noch näher auf Bill zu, der jetzt fast an der Tür zu seinem Kinderzimmer stand, das Lichtschwert noch fest umklammert.

„Nein, das tue ich auch nicht. Ich konfisziere deine X-Box, so einfach ist das."

Er legte die Hand auf die Klinke und Bill nickte.

„Okay, du siehst mich heute nicht mehr."

Er warf seiner großen Schwester noch einen bösen Blick zu und verschwand in seinem Zimmer.

Bernhard sah sie an und lächelte. „Siehst du, Problem gelöst", sagte er und wandte sich wieder dem Wohnzimmer zu.

„Vorerst", murmelte Charlotta und ging zurück in ihr Zimmer.

Dort klappte sie den Laptop auf, den Bernhard ihr geschenkt hatte. Er besaß seit ein paar Monaten einen Neuen.

Der hier war zwar schon ein paar Jahre alt, aber für ihre Zwecke durchaus brauchbar.

Sie vergewisserte sich mit einem Blick über die Schulter, dass Bernhard ihr nicht gefolgt war und loggte sich ein. Lächelnd sah sie auf die Nachricht. Gott sei Dank, das Warten hatte ein Ende.

Sie antwortete kurz, löschte alles sorgfältig und fuhr den Laptop wieder herunter. Dann schnappte sie sich ihre Tasche.

Vorsichtig schaute sie auf den Flur hinaus. Sie hörte Milli, die mit Bernhard sprach. Was sie sagte, konnte sie nicht verstehen, da der Fernseher immer noch mit vollem Ton lief. Mit Bill musste sie nicht mehr rechnen. Ihr Bruder würde heute sein Zimmer aus Angst um den Verlust seiner geliebten X-Box nicht mehr verlassen, selbst wenn die Wohnung in Flammen stehen würde.

Mit den Schuhen in der einen und ihrer Handtasche in der anderen Hand schlich sie unbemerkt aus der Wohnung.

Kapitel 4

Es war kurz vor 22.00 Uhr, als es läutete. Mike stand auf und ging in den Flur. Er verzichtete darauf, die Außenbeleuchtung einzuschalten, sondern öffnete gleich die Tür. In der Dunkelheit schlüpften zwei Personen herein.

„Das ist ja schlimmer als in einer Verschwörungsstory", murrte Omar Amri und klopfte Mike auf die Schulter, während seine Verlobte aus ihrer leichten Jacke schlüpfte und diese an die Garderobe hängte.

Kate kam inzwischen aus der Küche und trocknete sich die Hände an einem Küchentuch ab.

„Hast du gekocht?", fragte Omar misstrauisch.

Er schätzte an Kate Schulz viele Dinge, ihre Kochkünste zählten allerdings nicht dazu.

Jasmin schüttelte den Kopf. „Als ob wir jetzt um diese Zeit noch etwas essen wollen", sagte sie und zog eine Augenbraue hoch und zwinkerte Kate zu.

„Nicht?", fragte Omar nach und zuckte seinerseits die Schultern. Ihm war anzusehen, dass er gern und zu jeder Tageszeit aß, wobei er sich als Gourmet auszeichnete und selbst ein hervorragender Koch war.

Kate winkte alle ins Wohnzimmer, wobei sie auf die übliche Umarmung verzichteten.

Sie hatte einige Häppchen auf dem Wohnzimmertisch platziert, die umgehend von Omar kritisch betrachtet wurden, was ihm ein Kopfschütteln seiner Lebenspartnerin einbrachte.

Kate lächelte nur.

Während Mike die Getränke eingoss, Wein für ihn und Jasmin, selbstgemachte Limonade für Kate und Omar, nahmen alle Anwesenden Platz.

„Irgendwie hat das schon was von einem konspirativen Treff", unkte Kate und lehnte sich zurück.

„Naja", sagte Jasmin und nahm einen kräftigen Schluck von dem Roten.

„Wir wollten einfach noch ein paar Details mit euch besprechen, nachdem unsere Hochzeit jetzt doch etwas anders ausfällt."

Für den 30. September war ein großes Fest geplant gewesen, für das Omar einen Saal im Hotel Alexandra gemietet hatte. Dies war jetzt ebenso hinfällig wie die geplante Hochzeitsreise. Seltsamerweise schien Jasmin Weidner seine Sorgen nicht zu teilen, dass jetzt alles in einem sehr, sehr kleinen Rahmen ausfallen musste und Kate wusste auch warum.

Jasmins Verwandte waren in keiner Weise mit ihrer Wahl einverstanden und obwohl Professor Doktor Omar Amri ein anerkannter Pathologe, Rechtsmediziner und forensischer Wissenschaftler war, blieb er für Jasmins Großmutter ein „Kameltreiber" und auch ihrer Eltern hatten mehrfach religiöse Bedenken geäußert.

Deren Zusammentreffen mit Omars Verwandten, die wiederum nichts gegen seine Wahl einer Frau aus dem hiesigen Kulturkreis einzuwenden hatten, hatte bei Jasmin schlaflose Nächte hervorgerufen.

Dessen war sie plötzlich enthoben und so konnte sie, trotz aller anderen Beschränkungen des täglichen

Lebens, diesem Virus sogar etwas Gutes abgewinnen.

„Wir halten es ganz schlicht, so haben wir es mit dem Standesbeamten abgesprochen. Ihr beide seid, wie schon geplant, unsere Trauzeugen, in gebührendem Abstand natürlich. Die anschließende Feier mit Verwandten fällt aus."

Hier unterbrach Jasmin sich kurz und grinste.

„Wir dachten, wir essen etwas bei uns zu Hause, aber nur wir vier. Die Hochzeitsreise holen wir einfach nach, wenn alles vorbei ist."

Jasmin sah alle nacheinander an. Mike nickte. „Klar, so machen wir es. Es sei denn, ihr wollt warten?"

Jasmin und Omar schüttelten fast synchron den Kopf. „Nein. Wir heiraten."

In diesem Moment klingelte es. Kate erhob sich und ging zur Tür, gefolgt von Mike. „Abby", sagte sie erstaunt und öffnete die Tür. Annalena „Abby" Heimat stand vor der Tür und hielt einen Beutel vor sich.

„Ich habe noch Licht bei euch gesehen und Omars Auto. Ich bringe nur etwas Obst."

Kate winkte sie herein.

„Na, das ist ja faktisch eine Betriebsversammlung", sagte Jasmin, als die drei das Wohnzimmer betraten.

Kate sah zur Uhr. „Also, wenn ihr zwei nicht zu müde seid, gehen wir in mein Arbeitszimmer und besprechen ein paar Details. Ich wollte euch sowieso zu einigen Dingen noch etwas fragen."

Abby sah Jasmin an. „Von mir aus. Klar."

Diese nickte ebenfalls. „Dann lassen wir mal die zwei Jungs ein paar Männergespräche führen."

Jasmin drückte Omar einen Kuss auf die Wange und folgte Kate und Abby in die erste Etage, wo sich Kate ein kleines Büro eingerichtet hatte, ihr Homeoffice, wie sie es jetzt nannte.

Dank Stevens Unterstützung hatte sie hier Zugriff auf alles, was sie auch in ihrem Büro im Wilkehaus hatte.

„Ich hoffe, dass wir bald zur Normalität zurückkehren können", sagte Jasmin und setzte sich in den einzigen bequemen Sessel. Kate hatte mit Abby am kleinen Tisch Platz genommen.

„Wer hofft das nicht", seufzte Abby.

Kate musste lächeln. Sie freute sich, dass ihre Mitarbeiter, trotz voller Bezahlung, sich nach ihrer Arbeit sehnten. Ihr ging es ja nicht anders, Geduld zählte nicht eben zu ihren Stärken.

In diesem Moment hörte sie wieder die Klingel.

Kopfschüttelnd erhob sie sich und ging über den kleinen Flur zur Treppe, als sie sah, dass Mike bereits an der Haustür war und diese öffnete.

Mike Köhler sah in das erstaunte Gesicht eines uniformierten Polizisten, der ihm bekannt vorkam. Die junge, ebenfalls uniformierte Frau an seiner Seite kannte er allerdings nicht.

„Herr Hauptkommissar?"

Mike sah den Mann an und nickte. „Ja, Obermeister Braun? Was kann ich für sie tun?"

Den Namen hatte er schnell von dessen Namensschild abgelesen.

„Polizeimeisteranwärterin Neubauer", stellte sich die junge Frau vor.

Mike schien es geraten, sich ebenfalls vorzustellen
„Hauptkommissar Mike Köhler. Wollen sie zu mir?"
Er konnte sich zwar nicht vorstellen, dass jemand
wusste, wo er sich derzeit aufhielt und seine Dienst-
stelle hätte ihn per Telefon informiert, aber das Auftauchen der Beiden machte ihn ganz perplex.
„Ähm…nein. Eigentlich wollten wir zu Frau Schulz."
Obermeister Braun hatte wieder das Wort ergriffen
und Mike bemerkte, dass er sich reichlich unwohl zu
fühlen schien.
„Frau Schulz ist meine Lebensgefährtin", stellte er
klar und sah den Polizisten auffordernd an.
Er hörte im Hintergrund, wie jemand die Treppe
herunterkam. Mit Sicherheit Kate, die ebenfalls die
Klingel gehört hatte. In diesem Moment tauchte sie
auch neben ihm auf. „Guten Abend", sagte sie und
sah die Beiden an.
Der Polizist räusperte sich. „Guten Abend, Frau
Schulz. Uns liegt ein Hinweis vor, dass in ihrem
Haus eine illegale Party stattfindet."
Mike riss die Augen auf. „Was?", fragte er ungläubig,
während Kate lachte. „Das ist nicht ihr Ernst, oder?"
Als der Polizist etwas hilflos die Schultern zuckte,
trat Mike auf den Vorplatz.
„Jetzt hören sie einmal zu, Obermeister Braun. Im
Haus befinden sich außer uns noch Professor Doktor
Omar Amri und seine Verlobte, Frau Jasmin Weid-
ner, die stellvertretende Geschäftsführerin von
Schulz Security, der Firma meiner Lebensgefährtin.
Wir besprechen gerade dienstliche Dinge, also von

einer Party kann keine Rede sein. Aber bitte kommen sie herein und überzeugen sie sich selbst."

Abbys Anwesenheit hatte er erst einmal verschwiegen. Stattdessen deutete er mit einer einladenden Geste auf die Haustür. Die junge Polizistin trat bereits einen Schritt nach vorn, als sie von ihrem Kollegen am Arm zurückgehalten wurde.

„Das wird nicht nötig sein, Herr Hauptkommissar. Scheinbar wieder eine dieser haltlosen Anschuldigungen. Sie ahnen nicht, wie oft das bei uns derzeit so ist. Die Leute scheinen alle verrückt zu sein."

Mike lächelte. „Ja. Lagerkoller. Einen schönen Dienst noch, Kollegen."

Diese gingen zurück zum Auto, als Kate im Nachbarhaus am Fenster eine Bewegung sah.

„Aha, Frau König, dachte ich es mir doch", sagte sie leise zu Mike.

„Das ist ja derzeit schlimmer als zu Blockwartszeiten", murmelte dieser und schloss die Tür.

Kapitel 5

„Mein Gott, Elisabeth, das musst du doch hören. So falsch kann man doch gar nicht spielen."

Mit einem kreischenden Akkord beendete Elisabeth Nasab ihr Klavierspiel und knallte geräuschvoll den Deckel an dem Steinway-Flügel zu.

Mit einem Ruck warf sie ihre schwarzen Locken zurück und funkelte ihren Vater an.

„Wenn es dir nicht gefällt, dann hör doch nicht zu", sagte sie schnippisch und sah auf ihr iPhone.

Eine neue WhatsApp Nachricht war eingegangen. Mit ungeahnter Fingerfertigkeit antwortete sie.

„Du musst schon entschuldigen, aber das ist mein Haus und ich habe einen anstrengenden Arbeitstag hinter mir und…"

Elisabeth drehte die Augen etwas nach oben. „Dein Haus, dein Flügel, deine Tochter und natürlich deine Arbeit."

Tarek Nasab atmete tief ein. Seit dem Tod seiner Frau vor zwei Jahren war das Verhältnis zwischen ihm und seiner Tochter mehr als angespannt, zumal sie ihm, wenn auch ungerechtfertigt, die Schuld am Tod ihrer Mutter gab.

Sie wollten in den Sommerurlaub nach Schweden fahren und er hatte noch bis kurz vor Fahrtantritt eine komplizierte Notoperation. Völlig übermüdet war er in das Auto gestiegen und Marina, seine Frau, hatte den Kopf geschüttelt.

„So fährst du keinen Kilometer", sagte sie resolut

und beförderte ihn auf den Rücksitz.

Dann fuhren sie los. Er war bereits an der Autobahn-
auffahrt Plauen-Ost eingeschlafen.

Erst durch einen Aufprall, begleitet von ohrenbetäu-
bendem Lärm, schreckte er hoch. Da überschlug sich
schon das Auto und raste auf dem Dach in die Leit-
planke. Es kam nur kurz zum Halten, dann krachte
etwas gegen das Auto und schob es wieder, unter
heftigem Trudeln, zur Fahrbahnmitte.

Plötzlich war alles gespenstisch still.

Dann sagte eine leise Stimme etwas. „Papa?"

Er reagierte erst nicht, weil er nicht einordnen konnte, wer gemeint war.

Schließlich, nach einer gefühlten Ewigkeit, fragte er:
„Ja? Elisabeth?" „Mama. Sie bewegt sich nicht."

Kurz darauf war Feuerwehr und Notarztwagen vor
Ort. Man musste sie aus dem Wagen herausschnei-
den, so verkeilt war er unter einen LKW - Anhänger
geschlittert. Erstaunlicherweise hatten weder er noch
Elisabeth größere Verletzungen.

Seine Frau jedoch konnte nur noch tot aus dem
Wrack geborgen werden. Bereits der erste Aufprall,
hervorgerufen durch einen übermüdeten LKW- Fah-
rer, wie sich später herausstellte, hatte ihre Halswir-
belsäule fast komplett durchtrennt.

Seitdem machte ihm Elisabeth mehr oder weniger
direkt Vorwürfe, dass er seine Arbeit seiner Familie
wieder einmal vorgezogen und so ihre Mutter faktisch gezwungen hatte, das Auto zu fahren.

Wieder gab Elisabeths iPhone einen Laut und sie sah

auf die neu eingegangene Nachricht.

Tarek Nasab schüttelte den Kopf.

„Entschuldige, das war nicht fair, vielleicht sollten wir…"

Pling, eine neue Nachricht. Elisabeth sah sie an, lächelte und antwortete blitzschnell.

„Kannst du nicht eine Minute das Ding weglegen?"

Seine Bereitschaft, seiner Tochter ein Friedensangebot für den heutigen Abend zu machen, sank rapide.

Sie zuckte nur die Schultern. „Du bist den ganzen Tag in der Klinik und ich? Sitze hier und die einzige Möglichkeit mit meinen Freunden in Kontakt zu bleiben ist nun mal medial."

Ihr Vater ging in Richtung Küche.

Natürlich war nichts für ein Abendessen vorbereitet, aber er verkniff es sich, darüber auch noch etwas zu sagen. Elisabeth lehnte in der Tür und sah ihm zu, als er die Kühlschranktür öffnete und frustriert wieder schloss.

„War Frau Mendel heute nicht da?", fragte er und öffnete eine Flasche Mineralwasser.

„Sie kommt doch erst morgen. Ich dachte, du bringst etwas zu essen mit."

Er drehte sich zu seiner Tochter um. „Der Gang zum Supermarkt ist mit Gesichtsmaske erlaubt und dieser ist genau 400 Meter weit entfernt."

Elisabeth steckte das iPhone in die Tasche ihrer Jeans.

„Ich bin oben und lerne auf die Abiprüfung", sagte sie, provokant das letzte Wort betonend.

Ihr Vater ermahnte sie täglich, die unfreiwillige Isolation zu nutzen und auf die bevorstehenden Prüfungen zu lernen, was sie, nach seiner Aussage, auch bitter nötig hatte.

Dabei hatte er sich wohl schon länger von dem Gedanken verabschieden müssen, dass seine Tochter einmal in seine Fußstapfen treten und Medizinerin werden würde.

Elisabeth ging die Wendeltreppe nach oben in ihr Zimmer. Sie warf einen Blick auf die aufgeschlagenen Bücher und Ordner und seufzte. Sie hatte überhaupt keine Ahnung was sie nach dem Abitur machen wollte und hatte gehofft, dass die Prüfungen auf das nächste Jahr verschoben werden würden. Damit hätte sie noch ein Jahr gewonnen.

Aber daraus würde wohl nichts werden.

Ihr Computer, der den ganzen Tag lief, zeigte ihr den Eingang einer Nachricht. Aufgeregt öffnete sie diese.

„Ja", entfuhr es ihr und sie atmete tief durch.

Es würde also doch noch ein schöner Abend werden.

Kapitel 6

Sie seufzte tief, als ihre Mutter ihren Namen rief.
„Raffaela."
Warum, in Gottes Namen, hatte sie ihr nur diesen
Namen gegeben? Das fragte sie sich schon ihr ganzes
Leben lang. Ihre Schulkammeraden hatten Raffaello
daraus gemacht und auch wenn ihre Freundin Anne
ihr immer wieder versicherte, es gebe schlimmeres
als nach einer, zugegeben leckeren, Kokoskugel be-
nannt zu werden, tröstete sie das nicht wirklich.
Ihre Mutter war Lehrerin für Kunst und Geschichte
und eine große Verehrerin von Raffael. Darunter
musste sie jetzt leiden.
„Raffaela."
Sie setzte sich in Bewegung. „Ich komme, Mama",
rief sie auf der Treppe und rannte hinunter.
Ihre Mutter schleppte zwei volle Einkaufstaschen
herein, ihr Mundschutz hing am linken Ohr und
baumelte wild herum. Raffaela nahm ihr die Taschen
ab. „Das hätte ich doch auch machen können", sagte
sie, aber ihre Mutter winkte ab.
„Ich bin doch mit dem Auto viel schneller und habe
noch auf dem Markt ein paar frische Sachen geholt.
Kochen wir heute gemeinsam?"
Raffaela nickte. „Natürlich. Was sollen wir sonst tun?
Essen gehen ist ja nicht."
Ihre Mutter lächelte. „Als ob wir das sonst so häufig
gemacht hätten", sagte sie und breitete mit ihr zusammen die Sachen auf der Küchenanrichte aus.

„Gefüllte Auberginen?", schlug Raffaela vor und ihre Mutter nickte. „Habe ich gedacht und einen Reis dazu."

Während sich ihre Tochter daran machte, die Auberginen auszuhöhlen und dann in Salzwasser einzulegen, setzte sie den Reis auf.

„Ich werde heute Abend noch etwas für die Schüler vorbereiten. Das müssen sie zu Hause erledigen, ob es ihnen gefällt oder nicht."

Raffaela schmunzelte. „Wohl eher letzteres.", murmelte sie und ihre Mutter lachte. „Ich befürchte es auch."

Dann bereiteten sie gemeinsam das Essen zu.

„Und du, was hast du heute noch vor?"

Raffaela zog die Augenbrauen nach oben.

„Ich gehe aus und mache wieder einmal so richtig Party", sagte sie mit sarkastischem Unterton und schüttelte den Kopf.

Ihre Mutter griff nach ihrer Hand, an der noch das Hackfleisch für die Auberginen klebte.

„Ich glaube schon, dass es für dich schwer ist."

Raffaela zuckte die Schultern. „Das ist es für die anderen auch. Nein, ich werde wohl noch etwas lernen. Die Prüfungen machen sich nicht von allein."

Ihre Mutter nickte.

Sie war stolz auf ihre Tochter, die schon immer, ohne großes Anmahnen ihrerseits, die Schule und das Lernen ernst genommen hatte. Immerhin spiegelte sich das in ihren Noten und ließ ihren Traum, einen Studienplatz in Tiermedizin zu erhalten, in greifbare

Nähe rücken.

Als diese die Pfanne mit den gefüllten Auberginen in den Ofen geschoben hatte, ging sie nochmals nach oben in ihr Zimmer.

Ihre Mutter würde sie rufen, wenn das Essen fertig war und sie konnte die Zeit noch nutzen, eine Stelle in ihren Skripten nachzulesen, die ihr vorhin eingefallen war.

Ihr Computer zeigte ihr eine Nachricht an. Sie las sie, löschte sie wie vereinbart und nagte an der Unterlippe. Eigentlich war es ihr heute gar nicht recht, aber ein Gefühl der Aufregung und Vorfreude durchzuckte sie unwillkürlich.

Gut, sie würde sich heimlich nach dem Abendessen aus dem Haus schleichen müssen, denn ihre Mutter dürfte dafür, was sie vorhatte, wohl kein Verständnis haben.

Aber das Risiko konnte sie schon einmal eingehen.

Kapitel 7

Abby hatte bereits die dritte Abrechnung kontrolliert, die nicht korrekt war. Mein Gott, diese Sandy Lechner war wirklich eine Pfeife.

Außerdem war sie so dämlich, dass sie nicht einmal die Seiten gelöscht hatte, auf denen sie während der Arbeitszeit ausgiebig surfte. Reisen, Kosmetiktipps, einige Amazonbestellungen. Abby beschloss, sich in ihrem Bekanntenkreis umzusehen, wer wohl eher geeignet war den Job hier zu übernehmen.

Sie war froh, auf Omar Amri gehört und sich für das Studium beworben zu haben und es machte ihr auch Spaß, aber die Arbeit hier bei Schulz Security fehlte ihr. In diesem Moment klingelte es.

Sie legte die Stirn in Falten. Mit einem großen Schild wurde bereits an der Haustür darauf hingewiesen, dass das Büro auf noch nicht absehbare Zeit geschlossen war. Sie stand auf und ging zur Tür. Obwohl sie allein war, war sie nicht sonderlich ängstlich.

Als sie öffnete, stand sie einem großen, schlanken Mann gegenüber. „Ja, bitte?"

Der Mann sah sie eine Weile prüfend an und fragte dann: „Frau Schulz?"

Abby lächelte. „Nein. Mein Name ist Annalena Heimat. Ich bin zurzeit hier nur im Büro mit Abrechnungen beschäftigt. Das Büro selbst hat geschlossen."

Der Mann nickte. „Das habe ich gelesen. Ich muss aber dringend Frau Schulz sprechen, sehr dringend."

Irgendetwas in seiner Stimme verriet Abby, dass es wirklich so war. Sie verlies sich einfach auf ihren Instinkt und auf die Erfahrungen, die sie während der Zeit hier gemacht hatte.

Also trat sie zu Seite und winkte den Mann herein. Er sah sich kurz um und deutete auf die Sitzgruppe im Eingangsbereich.

Abby nickte. „Natürlich, entschuldigen sie. Nehmen sie doch Platz. Möchten sie einen Kaffee?"

Er nickte und Abby schenkte aus der Thermoskanne, die sie früh immer bei Daniel in der Kaffeerösterei abholte, eine Tasse ein.

Plötzlich erhob sich der Mann wieder. „Ich bin sehr unhöflich. Mein Name ist Tarek Nasab. Es geht um meine Tochter."

Dann setzte er sich wieder und nahm die Kaffeetasse. Abby deutete zu Kates Büro.

„Ich telefoniere mit Frau Schulz, einen kleinen Moment bitte."

Kate hörte Abby gespannt zu, dann sagte sie: „Und du hast ihn einfach so ins Büro gelassen? Abby, du bist allein…"

„Wenn du ihn siehst, wirst du mir glauben, dass von diesem Mann keine Gefahr ausgeht."

Kate seufzte. Seit ihrer Entführung, die sie fast mit ihrem Leben bezahlt hatte, war sie Kunden gegenüber deutlich vorsichtiger. Sie empfing jetzt neue Kunden immer nur in Anwesenheit einer zweiten Person. Aber musste sie ihre Ängste auch auf andere projizieren? Eigentlich hatte Abby wirklich einen guten Instinkt im Umgang mit Menschen. Darauf sollte sie einfach vertrauen.

„Gut, ich bin in zehn Minuten da. Bis gleich."

Im Nachhinein gab sie Abby recht. Tarek Nasab wirkte auf sie wie ein integrer Mensch, den die Sorge um seine Tochter als scheinbar letzten Ausweg zu ihr gebracht hatte.

Sie saßen jetzt zusammen in Kates Büro und der Mann umklammerte mit seinen Händen verkrampft die Kaffeetasse, die Abby wieder neu gefüllt hatte.

„Also", fasste Kate kurz das eben gehörte zusammen. „Ihre Tochter Elisabeth ist seit fünf Tagen nicht nach Hause gekommen? Hatten sie Streit?"

Herr Nasab räusperte sich. „Ja, wir haben gestritten. Wie fast jeden Tag seit zwei Jahren. Damals kam meine Frau, Elisabeths Mutter, bei einem Unfall ums Leben. Seitdem ist es ausgesprochen schwierig mit uns beiden."

Kate nickte. „Waren sie bei der Polizei?"

Tarek Nasab lachte hart auf.

„Natürlich, bereits am nächsten Morgen. Aber Elisabeth ist volljährig. Es gibt keine Annahme das sie selbstgefährdet ist oder eine Straftat vorliegt. Scheinbar gibt es einige junge Menschen, die diese Zwangsisolation nicht aushalten und irgendwo hingehen, zu Freunden, was weiß ich. Sie hat ihr iPhone mitgenommen, eine Tasche mit ein paar Dingen, die sie so braucht, auch ihre Geldkarte. Kurzum, die Polizei unternimmt erst etwas bei einem begründeten Verdacht."

Kate lehnte sich etwas zurück.

Da konnte natürlich etwas Wahres dran sein. Elisabeth Nasab hatte einfach die Nase voll vom ständigen Streit mit ihrem Vater, dem sie jetzt nicht entrinnen konnte und war bei einer Freundin oder einem Freund untergekommen.

„Ist sie erreichbar?"

Tarek Nasab schüttelte den Kopf. „Erst hat sie mich weggedrückt und jetzt geht sie gar nicht mehr ans Telefon."

Kein Wunder das die Polizei keinen Handlungsbedarf sah. Es war sinnlos, ihn nach einer Ortungsapp zu fragen. Eine junge Frau, wie Elisabeth Nasab hätte sich das verbeten.

„Haben sie ihre Freunde und Bekannten abtelefoniert?"

Ihr Gegenüber sah sie an und seufzte. „Soweit ich sie kenne, ja. Hören sie, Frau Schulz, ich bin Chefarzt in der Unfallchirurgie. Ich habe manchmal einen 14 Stunden Tag. Ich gebe es ja zu, dass ich mich nicht immer so um Elisabeth kümmern konnte, wie es nötig gewesen wäre. Aber ganz gleich, wie oft wir uns gestritten haben, spätestens am nächsten Tag war alles wieder vorbei. Eines würde Elisabeth nie tun, mich absichtlich in Angst und Schrecken zu versetzten. Es muss etwas passiert sein. Bitte, glauben sie mir."

Er schob die Kaffeetasse von sich und öffnete eine Mappe. Dann legte er ein Bild auf den Tisch, so, dass Kate es sehen konnte.

Eine junge, attraktive Frau mit schwarzen, halblangen Locken lächelte etwas provokativ in die Kamera.

„Sie weiß, dass sie hübsch ist", dachte Kate.

„Das Bild ist erst 14 Tage alt", sagte ihr Vater leise. Kate nahm es in die Hand, während er noch weitere Dokumente auf dem Tisch ausbreitete.

Telefonkontakte, Adressen, alles säuberlich beschriftet mit einer erstaunlich akkuraten Schrift für einen Mediziner. Schließlich sah Tarek Nasab auf und Kate direkt in die Augen.

„Nehmen sie den Fall an, Frau Schulz?"

Sollte sie ablehnen, schon aufgrund der Tatsache, dass ihr Büro offiziell geschlossen bleiben musste? Entschlossen erhob sie sich, ging zur Tür und öffnete sie einen Spalt.

„Abby, sei so gut und fertige einen Vertrag aus. Herr Nasab ist ab heute unser Klient."

Kapitel 8

Mike sah Kate stirnrunzelnd an.

Sie saßen auf der Terrasse in Kates Haus und hatten eine kleine Feuerschale angeheizt. Es war abends bereits empfindlich kühl, aber mit einer Wärmequelle durchaus auszuhalten.

„Ich denke, die junge Frau hat einfach von dem Stress mit ihrem Vater die Nase voll und ist für ein paar Tage untergetaucht. Die Kollegen von der Vermisstenstelle sehen das übrigens ebenfalls so. Du ahnst ja nicht, was bei denen gerade los ist. Ständig verschwinden Jugendliche, um ein paar Tage später, mehr oder weniger reumütig, wieder bei ihren Eltern aufzutauchen oder sie werden durch Zufall aufgegriffen. Und diese Elisabeth ist volljährig."

Er zuckte, wie um das Thema abzuschließen, die Schultern und nahm sein Glas Wein, um Kate zuzuprosten. Diese schien nicht gewillt, das Thema so schnell fallen zu lassen.

„Trotzdem. Mein Gefühl sagt mir, das hier irgendetwas nicht stimmt."

Mike sah sie an. „Gefühl, Frau Ex FBI Special Agent?"

Sie verdrehte die Augen. „Mein Gefühl, Herr Hauptkommissar, hat mich selten im Stich gelassen. Sogar mein damaliger Partner Ben, der alte Spötter, konnte nicht leugnen, dass ich damit meistens gut lag."

„Was macht Ben eigentlich?", versuchte Mike das Thema zu wechseln.

Das Kate seine Strategie durchschaute, sah er an dem Funkeln in ihren Augen.

„Er hat einen neuen Partner, ein Greenhorn aus dem Norden, der sich unbedingt beweisen will, wenn ich ihn einmal zitieren darf. Ich glaube nicht, dass der Chief damit etwas Gutes getan hat. Zwei Alphamännchen miteinander, das geht bei Bens Temperament nicht gut. Wieder eine Frau als Partnerin wäre die bessere Wahl gewesen."

Mike, der Ben bei Kates Entführung durch einen Psychopaten kennengelernt hatte, konnte ihr nur zustimmen. Auch die Begegnung zwischen ihnen war nicht ganz störungsfrei verlaufen.

Schließlich schwieg Kate. Mike seufzte. Sie war also nicht gewillt, von ihrem ursprünglichen Thema abzulassen. „Was hast du jetzt also vor?"

„Ich werde Steven involvieren. Immerhin hat Elisabeth Nasab ihren Vater einige Male weggedrückt. Vielleicht kann er so ein Bewegungsprofil von ihr erstellen."

Sie sah Mike an, der etwas im Stuhl nach vorn gerutscht war.

„Du weißt aber, dass das illegal ist", sagten sie beide gleichzeitig und brachen in Lachen aus. Mike verschüttete fast seinen Wein. Dann schüttelte er den Kopf.

„Scheinbar ist es wirklich sinnlos, dir das zu sagen", murmelte er.

Kate war erstaunt, als Tarek Nasab sie bereits am nächsten Morgen anrief.

Mike hatte vor einer Stunde das Haus verlassen, sie war von ihrer Joggingrunde zurückgekehrt und frühstückte, als das Telefon klingelte.

„Wann kann ich sie in ihrem Büro antreffen?"

Kate nahm ihm diese fordernde Art nicht übel. Er stand schließlich unter enormen psychischen Druck und war wohl daran gewöhnt, beruflich kurze und klare Anweisungen zu geben. Er schien ihr kurzes Zögern richtig zu deuten.

„Entschuldigen sie bitte, aber…"

„Sagen wir, in 45 Minuten", unterbrach ihn Kate.

„Danke." Damit legte er auf.

Kate sah auf ihr Brötchen und schob es schließlich zur Seite. Dann rief sie Steven an. Bei ihm klingelte es eine Weile bis er den Anruf annahm.

„Sorry, war gerade unter der Dusche, ich komme eben vom Joggen."

Kate lachte. „Dito."

Steven Neubauer war, entgegen allen Klischees über Computernerds, ein ausgesprochen gesundheitsbewusster junger Mann, der regelmäßig Sport trieb und sich vegetarisch ernährte.

„Also, wo brennt es?", fragte er nach.

„Ich kann auch noch mal anrufen", beeilte Kate sich zu sagen, dann hörte sie Stevens Lachen.

„Zu spät, ich tropfe bereits leise vor mich hin."

Sie berichtete ihm von Elisabeth Nasabs Verschwinden und den weggedrückten Anrufen.

„Hm", machte er. „Wenn an dem Verdacht nichts dran ist und sie wirklich nur abgehauen ist, weil ihr Vater sie nervt und nicht gefunden werden will, kommen wir in Teufels Küche. Ich könnte sie dann sogar verstehen."

Kate schwieg eine Weile. Natürlich hatte er recht. Ehe sie etwas sagen konnte, hörte sie Steven ausatmen.

„Also gut. Wenn dir deine Erfahrung sagt, da ist etwas faul, vertraue ich dir. Schick mir die Nummer und die Zeiten, wann er sie angerufen hat."

Kate hatte sich endgültig von ihrem Frühstückstisch erhoben.

„Ich treffe ihn in einer halben Stunde im Büro. Warte noch so lange, bis ich dich wieder anrufe."

Kate war erstaunt, Tarek Nasab in Begleitung einer Frau anzutreffen, als sie ihr Büro im Wilkehaus betrat.

Abby hatte die beiden bereits mit einem Platz und Kaffee versorgt und saß wieder hinter ihrem Schreibtisch im Eingangsbereich. Als sie Kate zuzwinkerte, fühlte diese sich an die vergangenen Zeiten erinnert, als Abby hier jeden Morgen gesessen hatte. Jetzt erst merkte sie, wie ihr das gefehlt hatte.

Kate trat zu Tarek Nasab und seiner Begleiterin, die sich beide erhoben.

„Frau Schulz, das ist Frau Schneider."

Diese wollte Kate die Hand reichen, erinnerte sich aber scheinbar an die derzeitigen Verhaltensregeln und ließ sie sinken. Stattdessen nickte sie nur kurz.

„Maria Schneider", sagte sie leise.

Kate musste wohl einen etwas verwirrten Ausdruck im Gesicht haben, als Doktor Nasab umgehend ergänzte.

„Frau Schneiders Tochter Raffaela ist ebenfalls verschwunden."

Kate deutete auf die Stühle und nahm selbst Platz.

„Ach", sagte sie nur und musterte die Frau.

Diese war mittelgroß, schlank und hatte ihr hellbraunes Haar am Hinterkopf aufgesteckt. Beim genauen Hinsehen sah man ihr eine gewisse Anspannung an. Sie wusste kaum, was sie mit ihren Händen anfangen sollte, sie knetete abwechselnd ihren Rock oder die Tasche, die sie auf dem Schoß hielt.

„Sind Elisabeth und ihre Tochter befreundet?"

Die Frau schüttelte den Kopf.

„Wir, also Doktor Nasab und ich, sind uns sicher, dass sie sich nicht kennen. Sie gehen auf unterschiedliche Gymnasien und haben auch sehr unterschiedliche Interessen und Hobbys. Auch im Freundeskreis scheint es keine Schnittpunkte zu geben."

Kate fiel auf, das Frau Schneider eine angenehme Stimme hatte. Dann sah sie zwischen ihr und dem Arzt hin und her. Dieser ergriff wieder das Wort.

„Wir haben uns über die sozialen Netzwerke gefunden, als wir fast zeitgleich Suchaufrufe im Internet gestartet haben. So sind wir aufeinander aufmerksam geworden."

Kate nickte. „Und seit wann vermissen sie ihre Tochter, Frau Schneider?"

„Auch seit fünf Tagen." Sie holte tief Luft und Kate sah, dass sie mit den Tränen kämpfte.

„Wir haben noch gemeinsam gekocht, dann gegessen und abgewaschen. Anschließend hat sie sich in ihr Zimmer zurückgezogen. Raffaela lernt sehr viel. Ich hatte noch etwas für meine Schüler aufzuarbeiten und bin erst nach Mitternacht ins Bett. Es war schon ungewöhnlich, dass Raffaela nicht zum Frühstück kam, aber ich dachte, vielleicht ist es bei ihr sehr spät geworden. Aber dann habe ich mir doch Gedanken gemacht und bin hoch in ihr Zimmer. Ihr Bett war unberührt, die Schlüssel weg, ihr Handy, ihre Tasche." Sie schüttelte den Kopf.

Kate sah sie eine Weile an. „Wie alt ist Raffaela?", fragte sie.

„Im Frühling 18 geworden. Ich weiß, sie ist volljährig. Das hat mir die Polizei auch gesagt. Sie kann gehen, wohin sie will."

Sie schluckte, aber dann sah sie Kate direkt an.

„Frau Schulz, das ist nicht Raffaelas Art. Sie hätte mich angerufen und sie würde auch auf meine Anrufe reagieren. Natürlich geht sie manchmal abends noch zu einer Freundin oder macht ein bisschen Sport. Aber sie ist immer erreichbar."

Kate hörte die Panik in ihrer Stimme. Sie überlegte. Die Parallelen waren schon seltsam.

„Haben sie sich gestritten?", fragte sie, obwohl sie die Antwort schon kannte.

Frau Schneider schüttelte nur stumm den Kopf.

Kate erhob sich und trat an ihr Fenster. Irgendetwas stimmte nicht, das spürte sie.

War ihr schon bei Elisabeth Nasab einiges seltsam vorgekommen, war es jetzt um so verstärkter. So viele Zufälle gab es doch nicht. Dann wandte sie sich um.

„Ich brauche von ihnen die Kontaktdaten ihrer Töchter, Facebook Profile, alles. Ich muss sie darauf hinweisen, dass das, was wir machen, eine rechtliche Grauzone ist. Sollten die beiden freiwillig abgetaucht sein und anschließend Klage führen, könnte ich ernsthafte Probleme bekommen. Und nicht nur ich, auch mein Mitarbeiter."

Tarek Nasab erhob sich.

„Frau Schulz, ganz gleich was passiert, ich würde alles auf meine Kappe nehmen. Fertigen sie ein

Schriftstück, ich unterschreibe es ihnen."

Er sah zu Frau Schneider, die nickte.

„Ich auch", sagte sie leise, aber bestimmt.

Kate holte tief Luft, dann lächelte sie etwas.

„Ich denke, das können wir uns sparen. Ich vertraue auf ihr Wort."

Kapitel 9

Kate sah in die Tasse mit Grüntee und seufzte leise.
„Ich habe es gehört", sagte Steven Neubauer, der vor
seinen Monitoren saß und einen Blick über den Rand
zu Kate warf. „Es schadet dir nichts, wenn du mal
etwas anderes als Kaffee trinkst"
Sie schob die Tasse von sich. „Das mag schon sein.
Aber weil du auf dem Gesundheitstrip bist, müssen
ja nicht alle anderen auch leiden."
Sie hörte sein leises, glucksendes Lachen und schließlich erhob er sich. Er öffnete eine Schrankschublade
und warf ihr ein Paket Kaffee zu, das sie geschickt
auffing. „Dank Daniel habe ich immer etwas im
Haus, für die unverbesserlichen Kaffeetrinker. Du
weißt, wo die Kaffeemaschine steht?"
Kate nickte und erhob sich. In der multifunktionalen
Küche von Steven war es sauber wie in einem Hoch-
sicherheitslabor. Sie setzte einen Kaffee in der High-
tech- Kaffeemaschine an und der Duft durchzog in-
nerhalb kurzer Zeit die gesamte Wohnung.
„Ich frage mich, wozu hast du so eine tolle Kaffeema-
schine und nutzt sie dann nicht?", rief sie aus der
Küche.
„Wer sagt denn das ich sie nicht nutze? Ich habe zum
Beispiel anspruchsvolle Gäste, wie meine Chefin."
Kate lachte und trug ihre Tasse ins Wohnzimmer.
Dort setzte sie sich an die offene Balkontür mit dem
herrlichen Blick über Plauens Westend.
Steven stand von seinem Computerterminal auf und

setzte sich zu ihr. Er zog sich die, von ihr so verschmähte, Tasse Grüntee heran und lehnte sich zurück.

„So", sagte er einleitend und nahm einen Schluck. „Weißt du, dass noch ein drittes Mädchen vermisst wird, das auch in dieses Zeitfenster passt? Charlotta Meisner, 17 Jahre. Allerdings scheint sie, laut meiner Recherchen, eine chronische Ausreißerin zu sein, bei Polizei und Jugendamt bekannt. Lebt mit der Mutter, deren Lebensgefährten und zwei jüngeren, reichlich nervenden Geschwistern im Chrieschwitzer Hang." Kate runzelte leicht die Stirn. „Woher weißt du das so detailliert?"

Er grinste. „Facebook und Co sei Dank. Nicht nur Charlotta, auch Elisabeth. Sie sind sehr großzügig mit allerlei Details aus ihrem Leben. Raffaela ist da schon etwas zurückhaltender. Allerdings kann ich eins definitiv sagen, die drei kennen sich nicht. Sie sind nicht auf Facebook befreundet, haben auch keine Freunde, die wiederum Freunde der anderen sind. Scheinbar haben sie unterschiedliche Lebenswelten, was man auch in den Profilen sehen kann. Was interessant ist, bei allen dreien hören vor genau fünf Tagen die Einträge auf. Keine der drei hat gepostet, wohin oder zu wem sie gehen, was gerade Charlotta sonst geradezu akribig gemacht hat. Auch Instagram, Twitter, nichts."

Kate schüttelte den Kopf. „Ich verstehe nicht, dass der Polizei das nicht aufgefallen ist."

Steven hob beide Hände. „Elisabeth und Raffaela

sind volljährig und Charlotta eine chronische Ausreißerin. Wenn sie es nicht aus der Perspektive wie wir
betrachten, ist es kein Fall."

Dann sah er Kate nachdenklich an. „Willst du Mike
Bescheid geben?"

Spontan hob sie die Hand und winkte ab.

„Nein, nicht solange wir keine weiteren Anhalts-
punkte haben. Hast du schon etwas zu den Telefon-
daten?"

Er schüttelte den Kopf. „Noch nicht, aber ich denke
spätestens morgen. Aber mach dir nicht zu viel Hoffnung. Nehmen wir an, jemand hat den Mädchen die
Handys abgenommen und ist damit quer durch die
Stadt spaziert, hat eingehende Anrufe einfach weggedrückt. Das hätte doch ihm oder wem auch immer
Zeit verschafft. Die Angehörigen denken, das die
jungen Frauen nicht mit ihnen sprechen wollen."

„Also, bei Elisabeth und ihrem Vater hat es ja funktioniert", sagte Kate und Steven nickte.

„Und dann wurden die Handys samt SIM- Karte
entsorgt." Er nahm noch einen Schluck von seinem
Grüntee und sah Kate nachdenklich an.

„Also, ich durchforste noch weiter die Profile, vielleicht finde ich noch Gemeinsamkeiten. Aber ich
denke wirklich, du solltest Mike involvieren, irgendwie habe ich ein komisches Gefühl."

Kate sah auf die Uhr. „Ich denke, er kommt heute
pünktlich, dann werde ich mit ihm reden. Wenn du
schon sagst, du hast ein komisches Gefühl. Ich denke,
dann ist definitiv was dran."

Steven erhob sich und setzte sich wieder vor seine Computer. „Ich tauche noch ein bisschen tiefer, vielleicht finde ich noch irgendetwas."

„Ich hasse es, auch wenn ich die Notwendigkeit einsehe. Aber kein Brunch mehr im Café Müller, keine gemütlichen Kaffeerunden bei Daniel, man kann nirgends mehr schön Abendbrot essen. Kein Konzert, kein Theater. Es ist furchtbar."

Schweigend waren Kate und Jasmin Omars Rede gefolgt, während Mike in der Küche das indische Essen in verschiedene Schalen füllte.

Jasmin drehte die Augen nach oben. „Schatz, wir alle sind genervt, aber wenn wir endlos darüber klagen wird es auch nicht besser", sagte sie schließlich und erhob sich, um Mike beim Servieren zu helfen.

„Immerhin müssen wir ja nicht verhungern, dank einem guten Lieferservice", meinte dieser und stellte eine Schale mit köstlich duftendem Basamireis in die Tischmitte.

„Hm", brummte Omar, beugte sich dann aber interessiert nach vorn, um die Speisen zu inspizieren. Kate hatte inzwischen eine Schallplatte aufgelegt, die Mike als großer Fan der guten, alten Vinylplatten regelmäßig kaufte. Extra deshalb hatte sie sich einen Plattenspieler zugelegt.

„Ein bisschen Kultur können wir auch bieten", sagte sie augenzwinkernd in Richtung Jasmin und legte eine Jazz Platte von Charlie Parker auf. Omar hörte eine Weile zu, dann nickte er. „Wirklich gute Musik, schade, dass sich Charlie schon mit 35 von dieser Welt verabschiedet hat."

Als Kate und Jasmin ihn erstaunt ansahen, schob er nach: „Exzessiver Drogenkonsum."

Kate lachte leise auf. „Gibt es auch mal was, was du nicht weißt?" Grinsend lehnte er sich zurück.

Eine Stunde später schien Omar zumindest gustatorisch einigermaßen zufrieden und sie saßen in der kleinen Sitzecke im Wohnzimmer.

Die Musik drang noch immer leise vom Esszimmer herüber und Mike hatte für sich und Jasmin eine Flasche Weißwein geöffnet. Kate und Omar tranken Espresso.

Kate hatte Jasmin und Omar bereits im Vorfeld von Stevens Entdeckungen erzählt und legte jetzt vor Mike ihre neuen Erkenntnisse dar. Dieser zuckte die Schultern. „Gut. Es mag da Übereinstimmungen geben zwischen dieser Elisabeth und der anderen jungen Frau…"

„Raffaela Schneider", ergänzte Kate. Mike nickte.

„Außerdem gibt es noch eine Übereinstimmung mit Charlotta Meisner, 17 Jahre."

Kate war nicht gewillt locker zu lassen.

Als Mike das merkte und dann noch Jasmins und Omars Blicke sahen, erhob er sich seufzend.

„Wartet bitte", sagte er, zog sein Smartphone aus der Tasche und ging in die Küche.

Omar sah Kate an. „Wenn Steven die Sache seltsam vorkommt, dann ist etwas dran", sagte er, was Jasmin mit einem Nicken bestätigte. Kate machte eine hilflose Geste in Richtung Küche, aus der ein leises Murmeln klang.

Gerade wollte sie etwas sagen, als Mike zurückkam und sich wieder hinsetzte.

„Diese Charlotta ist eine chronische Ausreißerin, hast du das gewusst?"

Kate nickte widerstrebend.

„Also dann. Und sie ist nicht die Einzige, glaub mir! Weißt du was zurzeit los ist? Die jungen Leute empfinden das Eingesperrt sein noch schlimmer als wir." Er sah zu Omar, wohl um ihn an seine Worte von vorhin zu erinnern. Schulterzuckend nickte dieser.

„Na also. Die Kollegen haben mir gerade nochmal bestätigt, dass sie einige Ausreißer hatten, die inzwischen wieder zu Hause sind. Einige wurden auch bei Kontrollen aufgegriffen. Das hatte ich dir doch schon gesagt, Kate."

Er sah zu ihr hinüber und sie nickte seufzend.

„Charlotta wird auch wieder auftauchen. Sie ist laut den Kollegen nie länger als zehn Tage weg gewesen. Elisabeth Nasab hat die Anrufe ihres Vaters weggedrückt, das hat er selbst den Kollegen gegenüber zugegeben. Dieser Streit war der Auslöser, glaube es mir."

Omar sah zwischen Mike und Kate hin und her.

„Nasab? Ist sie die Tochter von Tarek Nasab?"

Kate nickte. „Ja, kennst du ihn?"

„Ja, er ist ein Kollege, also Unfallchirurg, aber er war auch schon als Gutachter tätig, wenn ich ein Unfallopfer auf dem Tisch hatte. Und wir sind in einer Gemeinde. Das seine Tochter verschwunden ist wusste ich nicht."

Mike hob die Hand. „Also verschwunden würde ich es nicht nennen. Sie hat, samt einer größeren Tasche wohlgemerkt, nach einem Streit das Haus verlassen und wie gesagt, seine Anrufe weggedrückt."

„Und jetzt ist sie gar nicht mehr erreichbar", ergänzte Kate.

„Vielleicht weil sie es nicht möchte?"

Kate war nicht gewillt, sich so schnell geschlagen zu geben. „Und Raffaela Schneider? Sie hatte keinen Streit mit ihrer Mutter. Sie war einfach weg."

Es war Mike anzumerken, wie sehr ihn diese Sache inzwischen nervte. Er verstand auch nicht, warum Kate so beharrlich blieb, obwohl er, seiner Meinung nach, genügend vernünftige Argumente vorgebracht hatte.

„Schauen wir doch erst einmal was Steven herausfindet", versuchte Jasmin zu vermitteln und sah zwischen Mike und Kate hin und her.

Letztere nickte widerstrebend und auch Mike machte eine vage Geste mit der Hand.

Aber irgendwie war die Gemütlichkeit des Abends zerstört.

Kapitel 10

Kate hatte den Frühstückstisch gedeckt und die frischen Brötchen, die sie von ihrer Joggingrunde mitgebracht hatte, gerade in ein Körbchen gelegt, als Mike die Treppe herunterkam.

Er war bereits geduscht und angezogen und gab ihr einen Kuss auf die Wange. Kate deutete auf den Tisch. „Schaust du bitte nach den Eiern? Ich komme in fünf Minuten."

Sie rannte nach oben ins Bad, während Mike die altmodische Eieruhr im Auge behielt. Dann setzte er sich hin und goss sich und Kate einen Topf Kaffee ein.

Sie hatten gestern Abend, nachdem Jasmin und Omar sehr plötzlich aufgebrochen waren, nicht mehr über das Thema mit den verschwundenen, hier machte Mike in Gedanken Anführungszeichen, jungen Frauen gesprochen. Trotzdem nahm er sich vor, heute nochmals die Kollegen von der Vermisstenstelle zu kontaktieren.

Er war zwar nach wie vor davon überzeugt, dass es sich um Zufälle handelte und alle drei früher oder später wohlbehalten wiederauftauchen würden, aber er wollte keine neue Auseinandersetzung mit Kate provozieren. Wobei Auseinandersetzung wohl kaum das richtige Wort war.

Kate hatte einfach das Thema nicht mehr berührt und er wusste, dass sie jetzt auf eigene Faust ermitteln würde.

Die Eieruhr gab einen kläglichen Laut von sich und Mike goss die Eier ab. Das Kate, die sonst auf Funktionalität sehr viel Wert legte, weder einen Eierkocher noch eine moderne Eieruhr besaß, entzog sich seiner Kenntnis.

In diesem Moment kam sie, frisch geduscht und angezogen, nach unten und setzte sich zu ihm.

Sie hatte gerade von ihrem Kaffee genippt, als ihr iPhone einen Anruf anzeigte. Mit einem entschuldigenden Lächeln zu Mike nahm sie den Anruf an.

„Hallo Steven", sagte sie und lauschte eine Weile. „Gut, ich komme. Ja, ich sage ihm Bescheid und Frau Schneider auch. Sicher. Bis gleich."

Sie beendete das Gespräch und legte das iPhone neben sich. Dann schnitt sie ein Brötchen auf und belegte es mit Käse. Mike sah sie an, wie sie die Schale ihres Ei abpuhlte und lehnte sich etwas zurück.

„Neuigkeiten?", fragte er. Kate zuckte die Schultern. „Mal sehen", sagte sie nur.

Mike beugte sich vor. „Strafst du mich jetzt mit Informationsentzug?"

Sie grinste breit und schob den Teller etwas von sich. „Ich hatte es vor, aber schaffe es einfach nicht. Dein Charme ist zu umwerfend." Dann wurde sie ernst. „Steven will, dass ich Doktor Nasab und Frau Schneider dazu bewege, dass sie ihm Zugriff auf Elisabeths und Raffaelas Computer gestatten."

Mike seufzte etwas und Kate hob die Hand. „Ich weiß, heißes Eisen. Wenn die beiden wirklich nur untergetaucht sind, bekommen wir Probleme, obwohl mir Herr Nasab sowie Frau Schneider versichert haben, sie stehen 100% zu ihren Entscheidungen."

Mike nickte und erhob sich. „Ich schaue heute noch einmal bei den Kollegen der Vermisstenstelle vorbei. Mal sehen, was wir herausfinden."

Er gab Kate einen Kuss und verließ das Haus. Als er schon an seinem Auto war, rief ihm Kate von der Haustür aus zu.

„Ich versorge heute etwas zum Abendbrot, du musst nichts mitbringen."

Er winkte ihr zu, stieg ein und fuhr ab. Als Kate gerade die Tür schließen wollte, sah sie im Vorgarten des Nachbarhauses Frau König, die sie und Mike beobachtet hatte. Schnell wandte sich die alte Dame ab.

Seitdem Kate ihr eine Mithilfe beim geplanten Suizid ihrer Quasi-Großmutter nachgewiesen hatte, strafte diese sie mit Missachtung. Kate trat an das Geländer und beugte sich etwas hinüber.

„Frau Köhler, neulich abends, das war keine Party, wie sie der Polizei mitgeteilt haben, sondern eine Arbeitsberatung. Sie hätten einfach auch klingeln und mich fragen können."

Diese warf Kate einen kurzen Blick zu, ging in ihr Haus und warf geräuschvoll die Tür ins Schloss.

Kate zuckte die Schultern.

Steven saß vor dem Computer von Raffaela Schneider und seine schlanken Finger huschten in geradezu abenteuerlicher Schnelligkeit über die Tastatur.

Gemeinsam mit Kate hatte er entschieden, diesen PC als erstes zu untersuchen, weil Raffaelas Mutter ihnen versichert hatte, das Passwort ihrer Tochter zu kennen. Bei Elisabeth war nicht anzunehmen, dass sie ihrem Vater ihres mitgeteilt hatte.

Nach einer guten Stunde, die Kate und Frau Schneider schweigend im Hintergrund verbracht hatten, lehnte er sich zurück und fuhr sich über die Augen. Dann sah er die beiden Frauen an.

„Also. Erstens, Raffaelas Computer wurde gehackt, von außen, über eine ziemlich gut gemachten Trojaner."

Frau Schneider sah ihn entsetzt an. „Aber Raffaela ist immer sehr vorsichtig, sie hat ein aktuelles Virenschutzprogramm und…"

Steven hob abwehrend die Hand. „Frau Schneider, davor ist keiner gefeit, glauben sie es mir. Das hier war ein Profi."

„Und zweitens?", fragte Kate jetzt nach.

„Raffaela interessierte sich für Escape Rooms, besonders in der letzten Zeit. Sie hat viel darüber recherchiert."

Frau Schneider schüttelte den Kopf. „Also davon hat sie nichts erzählt. Gut, sie hat schon immer gern komplizierte Rätsel gelöst und ist ein großer Sherlock Holmes Fan. Aber Escape Rooms, nein, davon hat sie nichts gesagt."

„Bingo", sagte Steven und sah Kate an.

Sie waren allein im Haus von Doktor Nasab, da dieser eine komplizierte Operation hatte und sich nicht eher aus der Klinik loseisen konnte.

Bei Elisabeths PC hatte Steven etwas länger benötigt, weil sie ein, so gab er zu, ziemlich cleveres Passwort hatte, aber er holte die Zeit wieder auf, weil er wusste, wonach er suchen musste.

Er stand auf und sah auf Kate herab, die auf einem Sessel in Elisabeths Zimmer saß.

„Ihr Computer wurde gehackt und sie hat sich für…"

„Escape Rooms interessiert", ergänzte sie und er nickte. Er ging zurück zu dem Computer und fuhr ihn herunter.

„Ich habe mir alles Wesentliche heruntergeladen", sagte er. „Aber was fangen wir mit unseren Erkenntnissen an? Beide sind mit dem gleichen Trojaner gehackt worden, darüber werde ich noch mehr herausfinden, glaube mir. Jemand, der so etwas macht, ist in unseren Kreisen kein Unbekannter. Und wir haben endlich die Verbindung zwischen den beiden gefunden, ihr Interesse an den Escape Rooms."

Kate erhob sich und ging in dem großzügigen Raum mit den bodentiefen Fenstern auf und ab.

„Aber was hat das eine mit dem anderen zu tun?" Fragend sah sie Steven an.

„Ganz einfach, ihr Interesse an Escape Rooms begann mit dem Trojaner, also zeitgleich. Ich bin überzeugt, ihr Interesse wurde geweckt, gezielt geweckt."

Kapitel 11

Hauptkommissar Mike Köhler sah schon von der Liebknechtstraße aus die Silhouette aus Blaulichtern am nächtlichen Himmel, als er durch die gespenstische Stille der Stadt in Richtung Westend fuhr.

Als er in die Riccarda-Huch-Straße einbog, waren dieses Mal wenigstens nicht Dutzende von Schaulustigen vor Ort.

Dazu lag die Industriebrache zu abgelegen und es waren einfach keine Menschen auf der Straße, somit war das Thema Gaffer vom Tisch.

Er parkte sein Auto an einem angrenzenden Supermarkt und lief die wenigen Schritte.

Zwei Rettungssanitäter, die ihn kannten, kamen ihm entgegen.

„Der Notarzt ist schon wieder weg, ist nichts mehr für uns gewesen. Dafür ist der Professor jetzt oben."

Mike nickte und schlüpfte unter der Absperrung durch. Ein Polizist in Uniform hielt ihm die wacklig erscheinende Holztür auf.

„Erster Stock. Keine Angst, die Treppen sind solide", sagte er zu Mike, der kurz zögernd stehen geblieben war.

Dann stieg er hinauf und betrat einen großen Saal, der taghell von Scheinwerfern ausgeleuchtet war. Die Spurensicherung in ihren weißen Anzügen huschte umher und deren Leiter kam gleich auf Mike zu.

„Ein spurentechnisches Desaster", begann er gleich, ohne dass Mike eine Frage stellen konnte.

„Hier haben schon ganze Generationen von Ratten und Waschbären ihre Hinterlassenschaften verewigt, von Obdachlosen wollen wir gar nicht sprechen."
Er schüttelte betrübt den Kopf, während Mike zwei Jungs registrierte, die nahe der glaslosen Fensterreihe standen und mit einem uniformierten Polizisten sprachen.
Ein Dritter stand mit gesenktem Kopf vor einem sichtlich erregten Mann in Zivil, den Mike kannte.
Er trat näher und unterbrach damit eine wahre Schimpfkanonade.
„Hallo, Frank", sagte Mike leise und der so Genannte fuhr herum. Er atmete tief ein und wollte erst Mike die Hand geben, besann sich dann aber und steckte sie in die Tasche seiner Jeans.
„Hallo", sagte er nur.
Mike zog etwas die Brauen hoch. „Was machst du hier?"
Es war ungewöhnlich, wenn ein Hauptkommissar aus dem Fachbereich Internetkriminalität am Tatort eines Gewaltverbrechens auftauchte.
Dieser deutete mit einer Kopfbewegung auf den Jungen, der vergeblich versuchte, sich trotz seiner gut 1,80 Körpergröße so klein wie möglich zu machen.
„Mein Sohn, Sebastian."
Mike nickte dem Jungen zu, der heftig schluckte und dann zögerlich zurücknickte. Hauptkommissar Frank Keilwert hob die Hand.
„Er und diese zwei Komiker da drüben wollten mal was richtig Cooles machen. Da kamen sie auf die Idee

hier einzubrechen."

Sebastian hob den etwas Kopf. „Es war schon offen",
murmelte er und sah dabei Mike an.

Als sein Vater etwas erwidern wollte, winkte dieser
ihn zur Mitte der Halle.

„Wenn du nichts dagegen hast, würde ich gern allein
mit ihm sprechen", sagte er, wohl wissend, dass er
das nicht ohne Einwilligung des Erziehungsberech-
tigten tun konnte. Sein Kollege überlegte einen Augenblick, dann nickte er.

„Er hat mich angerufen, gleich als sie die Tote gefunden haben. Darum bin ich hier", sagte er noch erklärend. Mike hob etwas die Hand.

„Danke", sagte er und näherte sich dem Jungen.
„Sebastian, ich…"

„Bastian, bitte. Ich hasse den Namen, meine Freunde
nennen mich so."

Mike lächelte etwas. „Also gut, Bastian. Dein Vater
hat nichts dagegen, dass ich mich mit dir unterhalte.
Was kannst du mir erzählen?"

Nachdem er sich vergewissert hatte, dass sein Vater
nicht in Hörweite stand, richtete sich der Junge jetzt
zu seiner vollen Größe auf.

„Also, wir haben es zu Hause nicht mehr ausgehal-
ten. Computerspiele gut, aber irgendwann nervt das
auch. Auf unseren Spielplatz können wir nicht, da
verpfeifen uns die Nachbarn. Naja, und da hatte
Marvin die Idee mit den Lost Places. Er wollte einen
Clip drehen und dann bei YouTube hochladen. So ein
Spinner, da hätte mein Alter es gleich rausbekom-

men."

Mit einem schnellen Blick vergewisserte er sich, dass Genannter noch immer außer Hörweite war.

„Naja, dann sind wie hier halt rein. Marvin hat noch erzählt, hier spuken die Geister der toten Frauen und Mädchen, die hier umgekommen sind. Er wollte uns wohl Angst machen. Aber dann sahen wir jemand da hinten liegen. Wir dachten, es ist eine Schaufensterpuppe, weil sie so…so schön und seltsam angezogen war." Er schluckte mehrfach. „Dann habe ich gleich gesehen das es eine Tote ist. Ich habe sofort meinen Vater angerufen."

Mike legte seine Hand auf seinen Arm, Sicherheitsabstand hin oder her.

„Das war richtig. Habt ihr irgendetwas angefasst?"

Der Junge schüttelte den Kopf. „Nein. Ich weiß ja das man das nicht machen soll, wegen Spurenverwischung und so."

Wieder nickte Mike zustimmend. „Gut, Bastian, ihr könnt dann nach Hause gehen. Wenn wir noch Fragen haben, wissen wir wo wir euch finden. Wer sind die zwei?"

Er sah hinüber zu den anderen Jungs. Bastian sagte ihm die Namen und in diesem Moment sahen die beiden herüber zu ihnen. Der Größere von ihnen, Marvin Krüger, warf Bastian einen merkwürdigen Blick zu. Es sah fast so aus, als wolle er ihn zum Schweigen verpflichten.

Oder deutete er da irgendetwas hinein?

Sicher, in diesem Alter war schließlich alles super

geheim und dass sie jetzt mit den *Bullen* reden mussten wohl schon eine Zumutung. Er nickte Bastian
noch einmal zu und wandte sich endlich dem hinte-
ren Ende der Halle zu.

Er wusste bereits, dass Omar Amri vor Ort war.

Als er zu ihm trat, musste er erst einmal im Schritt
innehalten, als er die hell ausgeleuchtete Ecke mit der
Matratze sah. Diese war alt, versifft und speckig, aber
darauf lag, in makelloses Weiß gekleidet, ein junges
Mädchen.

Sie hatte halblanges, schwarzes, lockiges Haar, das
auf beiden Seiten der Schultern drapiert war.

Im Haar trug sie einen Kranz aus verschiedenen
Blumen. Diese sahen verblüffend echt aus, konnten
es aber nicht sein, da sie keinerlei Anzeichen von
Welke zeigten.

Die Augen der jungen Frau waren geschlossen und
trotz der Blässe konnte es fast den Eindruck vermitteln das sie schlief. Sonst war sie komplett in Weiß
gekleidet. Ein Kleid aus einem seidigen Stoff mit
breiter Spitze besetzt, das bis zu den Waden reichte
und im Brustbereich geschnürt war. Dazu weiße
Strümpfe und weiße, flache Stoffschuhe.

Omar trat gerade einen Schritt zurück und sah Mike
an. „Hallo", sagte er und klang ausgesprochen de-
primiert. „Sie ist ungefähr vierundzwanzig Stunden
tot, äußerlich keine Anzeichen von Gewalt."

„Suizid?", fragte Mike.

Omar sah ihn kopfschüttelnd an.

„Das ist Elisabeth Nasab. Hast du sie nicht erkannt?"

Mike starrte auf die Tote.

„Und ihr habt alle gedacht, sie hat sich nach dem Streit mit ihrem Vater eine Auszeit genommen, genau wie die anderen beiden Mädchen."

„Omar, bis auf Carlotta sind die beiden jungen Frauen volljährig, also…"

In diesem Moment war am Eingang der Halle eine laute Stimme zu hören.

„Sie werden mich nicht davon abhalten zu meiner Tochter zu gehen."

Ein großer, schlanker, dunkelhaariger Mann wehrte gerade einen Polizisten ab, dem Hauptkommissar Frank Keilwert beisprang und den anderen Arm des Mannes festhielt.

„Das ist Doktor Tarek Nasab, Chefarzt der Unfallchirurgie", sagte Omar und trat auf ihn zu, gefolgt von Mike.

„Lasst den Mann los", sagte Letzterer und dieser, von den beiden Polizisten befreit, rannte förmlich auf Omar zu.

„Ist es wirklich Elisabeth?", fragte er und heftete mit einem letzten Hoffnungsschimmer im Blick diesen auf den Pathologen.

Der trat auf ihn zu und legte beide Arme um dessen Schultern. „Es tut mir leid, Tarek."

Mit einem Schluchzen sank dieser an die massige Schulter von Omar, der ihn fest umklammert hielt. Er murmelte leise arabische Worte, bis Tarek Nasab seinen Kopf hob und nickte.

„Kann ich sie sehen?", fragte er und Omar deutete

ihm, zu seiner toten Tochter zu gehen.

Er sah aus dem Augenwinkel, dass Mike etwas einwenden wollte, winkte aber ab.

Dieser folgte schließlich resigniert den beiden.

Die Beamten der Spurensicherung traten zurück.

Tarek Nasab sank neben der Matratze auf den schmutzigen Fußboden und legte seine Hände ganz sanft auf die Wangen seiner Tochter.

Mike gab sich Mühe nicht aufzustöhnen. Jetzt war noch eine DNA- Spur mehr im Spiel.

Er warf dem Leiter der Spurensicherung einen Blick zu, aber der schüttelte nur den Kopf.

„Das ist bei der Spurenlage jetzt auch egal", schien dessen Blick zu sagen.

Tarek Nasab sprach leise mit seiner toten Tochter, dann küsste er sanft ihre Stirn und erhob sich.

Er wandte sich an Omar.

„Ich nehme an, du nimmst sie mit in dein Institut?"

Omar nickte. „Ich möchte sie so schnell wie möglich beerdigen." Wieder nickte Omar.

„Du weißt, wir werden alles tun, um dir das zu ermöglichen. Aber ich kann dir jetzt noch nicht sagen, wann das sein wird."

Der Arzt schwieg. Dann erst schien er Mike wahrzunehmen. Omar übernahm die Vorstellung.

„Wissen sie schon etwas?", fragte der Arzt.

Mike schüttelte den Kopf. „Wir stehen erst am Anfang unsere Ermittlungen, wir…"

„Sparen sie sich die Floskeln. Ich habe Schulz Security beauftragt nach meiner Tochter zu suchen, sie haben auch alle Unterlagen. Fragen sie dort nach, wenn sie etwas wissen wollen."

Damit ging er aus der Halle, ohne sich noch einmal umzusehen.

„Na, das nenne ich ja dann mal einen kurzen Dienstweg", sagte Omar, sah Mike an und folgte Tarek Nasab.

Kapitel 12

Omar sah Mike Köhler an und schenkte ihm schließlich einen Kaffee ein. Dann nahm er ihm gegenüber Platz. Vor ihm lag, wie immer, ein Stapel Computerausdrucke. Mike nahm die Kaffeetasse, setzte sie aber wieder ab.

„Mir ist vorhin auf dem Flur Tarek Nasab begegnet. War er bei dir?"

Omar schenkte sich ebenfalls eine Tasse Kaffee ein, dann sah er Mike an und nickte. Dieser starrte ihn an. „Hast du ihm etwa Details zum Tod seiner Tochter…" „Er ist ein Kollege, Mike", unterbrach ihn der Pathologe.

Als der Hauptkommissar wieder zum Sprechen ansetzen wollte, ergänzte er: „Und ein guter Freund. Mike, er hat seine einzige Tochter verloren, zwei Jahre nach dem Unfalltod seiner Frau. Sollte ich ihn wegschicken?"

Als ihm Mike nicht antwortete, nahm er die Blätter zur Hand. „Es gibt keine Zeichen von körperlicher Gewalt. Elisabeth wurde nicht vergewaltigt und auch nicht gewaltsam zu Tode gebracht."

Jetzt hob Mike Köhler den Kopf. „Und an was ist sie dann gestorben?"

Omar legte die Blätter zurück auf den Tisch.

„Das war auch der Grund, warum ich mit Tarek Nasab sprechen musste. Elisabeth hatte Asthma. Als Kind Ekzem, dann Heuschnupfen und seit dem Tod ihrer Mutter Asthma, eigentlich der typische Verlauf, sicher psychosomatisch mitbedingt. Sie starb am status asthmaticus."

Mike lehnte sich zurück. „Kein Zweifel?"

Omar schüttelte den Kopf. Aber dann hob er den Finger. „Was nicht bedeutet, dass hier kein Verbrechen vorliegt. Sie muss, zumindest kurzzeitig, gefesselt gewesen sein. Allerdings nicht sehr brutal, also kein Kabelbinder. Ich tippe auf ein eher weiches, aber festes Gewebe. Dann hat sie die Kleidung bereits vor ihrem Tod getragen und nicht erst, wie wir vermuteten, danach angezogen bekommen."

Mike drehte nachdenklich die Tasse auf dem Tisch hin und her. „Kannst du herausfinden, was den Asthmaanfall ausgelöst hat?"

Omar seufzte und lehnte sich zurück.

„Nein, kann ich nicht. Aber ich habe Tarek gefragt. Er sagte mir, dass Elisabeth meist bei hoher psychischer Anspannung mit einem Anfall reagierte. Normalerweise hatte sie immer ihr Notfallspray dabei, aber sie kann es nicht genommen haben. Ich konnte keine Rückstände finden."

Er blätterte wieder in seinen Unterlagen.

„Wir haben einiges unter den Fingernägeln gefunden, besonders helle Stofffasern, allerdings keine Hautpartikel. Die Untersuchungen laufen, mehr kann ich dir derzeit nicht sagen."

Er erhob sich und zeigte Mike einige Beutel mit Kleidung. „Das ist für die Spurensicherung, sie holen es jetzt ab."

Mike drehte die Beutel hin und her. Er sah die weißen, flachen Stoffschuhe, weiße Strümpfe, die mit Strumpfbändern befestigt gewesen waren, einige Unterröcke, das Seidenkleid mit Spitze. Aber besonders erstaunte ihn die Unterwäsche. Ein Korsett und eine knielange, spitzenbesetzte Unterhose. Als Omar sein Stirnrunzeln bemerkte, öffnete er die Tür.

„Kerstin, können sie bitte mal kommen?", rief er und kurz darauf stand Kerstin Nagler, seine Assistentin im Raum. Er deutete auf die Beutel. „Unser Herr Hauptkommissar schaut genauso ratlos wie ich vorhin."

Die junge Assistentin schmunzelte. „Das ist viktorianische Kleidung, natürlich nicht original, aber sehr gut gemacht und verarbeitet."

Als Mike sie verwirrt ansah, sagte sie: „Rollenspiele, Herr Hauptkommissar."

Sie sah zu Omar, dieser nickte. „Danke, Kerstin."

Die Assistentin zog sich wieder zurück.

Ehe Mike etwas sagen konnte, klingelte sein Telefon. Er hörte zu, richtete sich plötzlich auf und sagte dann: „Danke, Kate. Ich melde mich. Sag Steven, er soll den gesamten Verlauf an mich schicken."

Es war Kommissaranwärter Frieder Lein, der einen Mann Ende Zwanzig in Mikes Dienstzimmer führte. Dieser sah auf, musterte kurz den Mann und sagte: „Was kann ich für sie tun?"

Gleichzeitig war er etwas erstaunt, dass Frieder scheinbar einfach so jemand unangemeldet in sein Büro führte. Eine telefonische Ankündigung wäre wohl das Mindeste gewesen. Das würde er ihm sagen, wenn sie wieder allein waren.

Jetzt allerdings erhob er sich hinter seinem Schreibtisch. Der junge Mann neigte leicht den Kopf.

„Ich glaube, dass sie mich sprechen möchten. Mein Name ist Kolja Nasab, mein Vater ist Doktor Nasab."

Mike war einen kurzen Augenblick sprachlos, gleichzeitig verzieh er Frieder Lein die scheinbare Übertretung.

„Nehmen sie bitte Platz." Er deutete auf einen Stuhl und gab Frieder ein Zeichen, ebenfalls zu bleiben. Der junge Mann lächelte einen kurzen Augenblick.

„Mein Vater hat mich nicht erwähnt, nicht wahr?" Dann schüttelte er leicht den Kopf. „Aber es ist ja verständlich, dass eine Gedanken nur bei Elisabeth waren. Ich bin sein Sohn aus erster Ehe. Ich bin gestern erst aus Berlin gekommen, nachdem Vater mir, naja…" Er brach ab.

„Sie leben in Berlin?", fragte Mike und der junge Mann nickte. „Ja, seit zwei Jahren wieder. Meine Eltern lebten dort, als sie noch verheiratet waren. Sie haben sich getrennt, als ich zehn Jahre alt war. Meine Mutter hat dann ein Engagement in New York angenommen. Dort sind wir dann auch geblieben. Inzwischen ist sie Lehrerin an der School of American Ballet. Meine Mutter ist Natalja Petrowska."

Kolja Nasab schwieg. Als Mike nichts sagte, räusperte er sich. Als er zum Sprechen ansetzen wollte, fiel ihm Frieder Lein ins Wort, der bisher still zugehört hatte.

„DIE Petrowska?", fragte er und zu seinem Erstaunen sah Mike das Glänzen in den Augen des jungen Kommissaranwärter.

Kolja Nasab lächelte. „Ja. Interessieren sie sich für Ballett?"

Frieder nickte. Dann sah er zu Mike. „Natalja Petrowska war die russische Primaballerina der neunziger Jahre."

Mike, der an diesem kulturellen Austausch wenig interessiert war, wandte sich wieder Doktor Nasabs Sohn zu. „Und jetzt leben sie wieder in Berlin?"

„Ja, ich habe in Amerika studiert, wollte aber dann doch nach Deutschland zurück."

„Haben sie Medizin studiert, wie ihr Vater?"

Der junge Mann lachte und warf seine dunklen Locken zurück.

„Nein, dahingehend hatte ich nie Ambitionen. Ich habe an der Southeast Missouri State University Informatik studiert und bin jetzt als freier Berater tätig."

Kapitel 13

Steven schüttelte den Kopf. „Also, wenn du diesen Kolja Nasab in Verdacht hast, nur weil er Informatik studiert hat, dann kannst du mich auch verdächtigen."

Mike schüttelte unwirsch den Kopf und trank seinen Kaffee, den Kate ihm nachgeschenkt hatte. Sie hatte sich mit ihm und Steven in ihrem Büro getroffen. Steven hatte auf seinen Wunsch hin über Kolja Nasab einige Nachforschungen angestellt.

„Der Kerl ist richtig gut, also ich meine richtig, richtig gut." Steven drehte seinen Laptop und zeigte Mike die wirklich beeindruckende Vita des jungen Mannes. „Er hat neben seinem Studium schon zwei Startups gegründet und im geeigneten Moment, bevor die ganze IT- Blase zu platzen drohte, gewinnbringend verkauft."

„Und warum ist er jetzt nach Deutschland, sprich Berlin gezogen?"

Steven lächelte ihn an. „Mir stellt sich eher eine andere Frage. Warum arbeitet er noch? Er hätte genügend Geld, um sich gemütlich auf den Bahamas einzurichten und Sonne und Strand zu genießen."

Kate setzte sich zu ihnen und umklammerte ihren Kaffeetopf mit der Aufschrift *Ex-FBI Special Agent Kate*, ein Geschenk von Abby, die das wohl ungeheuer witzig fand. Mike, der ihn noch nicht gesehen hatte, zog erst die Augenbrauen hoch, dann grinste er.

„Das du es auch ja nicht vergisst", sagte er und nickte

in Richtung des Topfes. Dann wurde er wieder ernst und sah zu Steven hin. „Das ist ja gerade das, was mich stutzig macht. Er hat genügend Geld, wahrscheinlich genügend, um sorgenfrei bis ans Ende seiner Tage leben zu können und ist als freier Berater tätig."

Kate stellte ihren Kaffeetopf ab. „Ist er das wirklich, oder ist seine Tätigkeit nur ein Fake?"

Mike schüttelte den Kopf. „Nein, das haben wir schon abgeklärt. Er ist ein guter deutscher Bürger, der ordentlich seine Steuern zahlt und höchstens ein paar Strafzettel für Falschparken hat. Er scheint wirklich jeden Cent abzurechnen und seine Honorare sind schon recht anständig."

Er fuhr sich durch die dichten, dunklen Haare, wie immer, wenn er müde oder gestresst war.

„Ich frage mich, warum er sich so einfach bei mir gemeldet hat. Irgendwie hatte ich das Gefühl, dass er wissen wollte, wie weit wir mit unseren Ermittlungen sind."

„Aber das ist doch verständlich. Immerhin war Elisabeth seine Halbschwester." Kate sah Mike verständnislos an. Andererseits, sie war nicht bei diesem Gespräch dabei gewesen und sie wusste, dass Mike einen recht guten Instinkt und jede Menge Erfahrung hatte. Mike schüttelte bedächtig den Kopf. „Irgendwie", sagte er und machte eine kurze Pause, als müsse er nach den richtigen Worten suchen, um es seinen beiden Zuhören zu erklären. „Irgendwie habe ich das Gefühl, er ist zur richtigen Zeit hier aufgetaucht."

Kommissarin Marianne Jäger und Kommissaranwärter Frieder Lein sowie der Leiter der Spurensicherung saßen bereits im Besprechungsraum, als Omar und Mike eintraten. Letzterer sah sich um. „Ich hatte eigentlich Frank Keilwert hergebeten. Ich dachte, als Chef des Fachbereiches Internetkriminalität könnte er uns unterstützen."

Er vermied erst einmal zu erwähnen, dass Steven Neubauer die Spur zu dieser Escape Room Geschichte gefunden hatte.

Kommissarin Jäger zuckte die Schultern. „Ich habe ihn vorhin noch einmal angerufen, er ging nicht ans Telefon."

Mike machte eine beruhigende Geste mit der Hand. „Nicht so schlimm. Er wird schon noch kommen. Beginnen wir."

Er sah den Leiter der Spurensicherung an. Diese wirkte bekümmert. „Es ist kaum zu glauben, aber wir haben so unendlich viele Spuren, das wir kaum wissen, wo wir anfangen sollen. Allein der Tatort ist eine Katastrophe. Wir hatten spontan vier Treffer, alles alte Bekannte."

Er nickte Marianne Jäger zu.

„Ja", sagte diese. „Alle aus dem Obdachlosenmilieu. Vorstrafen wegen Kleinkriminalität und ähnlichem. Es ist kaum anzunehmen, dass einer von ihnen etwas mit der Toten zu tun hatte."

„Und die Kleidung?" Mike sah den Leiter der Spurensicherung an.

„Auch hier keinen Treffer. Wir haben neben den Tatortverunreinigungen unzählige Spuren gefunden, keine im System."

Frieder Lein sah zu Mike herüber und nach seinen wachen, blitzenden Augen zu schließen, schlussfolgerte dieser, dass er einen Hinweis hatte. Also nickte er ihm zu. Der junge Kommissaranwärter setzte sich aufrecht hin. „Ich habe zu dieser Kleidung recherchiert."

Er sah zu Omar. „Ihre Assistentin hat recht, Herr Professor. Viktorianische Kleidung."

Omar nickte. „Ja, Kerstin kennt sich da aus. Sie ist jedes Jahr auf dem Wave-Gotik-Treffen in Leipzig, da gibt es Dutzende solcher Kostümierungen."

„Jedenfalls", fuhr Frieder fort. „Diese Kleidung wurde in England hergestellt, also ist nicht gerade preiswert. Allein das Kleid liegt so bei Tausend- bis Tausendfünfhundert Euro, die Schuhe bei sechshundert Euro."

Mike nickte. „Gut, dann können wir also davon ausgehen, dass es sich bei diesen Escape Room Events um sognannte Themenmottos handelt. Wissen wir etwas über diese Szene?"

Natürlich hatte auch hier Steven Neubauer ausgiebig recherchiert, allerdings momentan noch ohne Erfolg. So war es für ihn nicht verwunderlich, als seine Kollegin Marianne Jäger den Kopf schüttelte.

„Bisher war dahingehend überhaupt in Plauen nichts los. Ich habe das Gefühl, wir recherchieren in die falsche Richtung. Vielleicht hat es mit diesen Escape Rooms gar nichts zu tun. Wir wissen ja nicht einmal mit Sicherheit, ob die drei jungen Frauen sich wirklich verabredet haben, es könnte auch ein Zufall sein und Elisabeth Nasab ist irgendeinem perversen Spinner in die Hände gefallen, den es erregt, junge Frauen in viktorianische Kleidung zustecken."

Omar schüttelte bedächtig den Kopf. „Sehen wir einmal von der Tatsache ab, dass Elisabeth keinen sexuell aktiven Handlungen ausgesetzt wurde, frage ich mich, warum der Entführer, nennen wir ihn so, ihr nicht ihr Notfallspray verabreicht hat? Denn das hatte sie definitiv bei sich."

Die Kommissarin breitete die Hände aus.

„Vielleicht hat er es unterwegs verloren? Oder…"

In diesem Moment wurde die Tür so heftig aufgerissen, dass alle Anwesenden zusammenschraken.

Hauptkommissar Frank Keilwert stolperte in den Besprechungsraum.

Mike sprang auf. „Frank, was ist denn los?", fragte er alarmiert.

„Bastian ist verschwunden."

Er sprach so leise, dass die anderen ihn kaum verstanden. Marianne Jäger stand auf und legte dem Hauptkommissar beruhigend die Hand auf den Arm.

„Du weißt doch, wie die Jungs sind. Er taucht schon wieder auf, spätestens wenn er Hunger hat und sein Taschengeld alle ist."

Ihre Erfahrung als Mutter dreier Söhne schien Keilwert nicht zu beruhigen.

Er schüttelte heftig den Kopf. „Marvin und Nicolas sind auch weg, seit gestern Abend. Ganz gleich, was

sie immer ausgeheckt haben, spätestens früh waren
sie zu Hause."

Omar und Mike wechselten einen Blick.

„Wieder drei", murmelte Ersterer.

Kapitel 14

Omar schüttelte den Kopf. „Ich weiß nicht, Mike, aber warum sollte Kolja Nasab zu dir kommen, wenn er hinter der ganzen Sache steckt? Das wäre ja mehr als dumm."

Er benutzte damit fast die gleichen Worte wie Steven gestern, aber inzwischen waren wieder drei Jungs verschwunden und Mike hatte das Gefühl, dass die Spur, die er zu Kolja Nasab konstruierte, die einzige Spur war, die sie hatten.

„Oder er ist besonders clever." Nein, er war noch nicht gewillt, den jungen Mann völlig außen vor zu lassen.

„Mike", sagte Omar geradezu beschwörend. „Wenn er schon, aus welchen Gründen auch immer, seine Schwester aus dem Weg räumen wollte, warum sollte er dann drei ihm völlig fremde Jungs entführen? Er ist gerade einmal drei Tage hier in Plauen."

„Sagt er." Mikes Antwort klang geradezu trotzig, vielleicht auch weil er wusste, dass Kolja Nasab mit Sicherheit ein Alibi vorlegen konnte.

„Wer sagt dir nicht, dass er Komplizen hat?"

Er sah Omar herausfordernd an, der kopfschüttelnd abwinkte. „Mike, du konstruierst dir da etwas zusammen."

Sie saßen in Omars Arbeitszimmer in der Pathologie. Noch ehe Mike etwas erwidern konnte, führte Omars Assistentin Kerstin Nagler einen Mann herein. Mike stand auf und sah ihn erstaunt an.

„Doktor Feigler", sagte er leise.

Der Psychiater war ihm im Zusammenhang mit der Toten vom Lutherplatz eine große Hilfe gewesen und hatte nicht unwesentlich zur Aufklärung mit beigetragen. Omar nickte dem Kollegen lächelnd zu und bot ihm Platz und Kaffee an, was dieser beides annahm. Auch Mike hatte sich wieder gesetzt.

„Ich habe Doktor Feigler hergebeten, um sein fachliches Urteil einzuholen. Er war mehrfach als Gutachter tätig und ich dachte, seine Sicht auf diesen Fall, besonders zu den Beweggründen des Täters, wäre gut."

Mike war sprachlos. Irgendwie hatte er langsam das Gefühl, das alle über seinen Kopf hinweg Entscheidungen trafen, ohne ihn als leitenden Ermittler zu involvieren. Noch ehe er etwas sagen konnte, hob Doktor Feigler, der seine Gedanken zu lesen schien, die Hand. „Herr Hauptkommissar, verstehen sie das jetzt bitte nicht falsch. Es steht mir nicht zu, mich in ihren Fall einzumischen, aber Kollege Amri hat mich konsultiert, zwecks der Toten und den Begleitumständen. Er hat mir auch ihren Verdacht hinsichtlich des Sohnes von Kollegen Nasab, Kolja, geschildert. Also wenn sie interessiert sind?"

Mike warf Omar einen kurzen Blick zu, dann nickte er. „Danke, Doktor Feigler. An ihrem Urteil ist mir sehr gelegen."

Dieser nahm ein umfangreiches, schwarzes Notizbuch aus seiner Kitteltasche und blätterte darin.

„Ich möchte erst etwas zu Kolja Nasab sagen. Ich

77

glaube, auch wenn er technisch in der Lage wäre, diese Escape Room Geschichte abzuwickeln, glaube ich nicht, dass er der Kopf hinter der Sache ist. All das, also sechs Entführungen, nur um seine jüngere Halbschwester zu töten? Die Frage wäre, warum?"

Omar warf Mike einen geradezu triumphierenden Blick zu. Dieser ignorierte ihn und schenkte sich Kaffee nach. Dann sah er den Psychiater an.

„Laut seiner Aussage war sie die kleine Prinzessin ihres Vaters."

Doktor Feigler schüttelte bedächtig den Kopf. „Er war zehn Jahre alt, als sich seine Eltern trennten und er mit der Mutter nach New York ging. Der Kontakt zu seinem Vater war sporadisch, auch nach seiner Rückkehr nach Deutschland. Er hat seine Halbschwester erst im Alter von siebzehn Jahren richtig persönlich kennengelernt. Warum sollte er Rachefantasien haben?"

Mike sah zu Omar. „Was ich dich die ganze Zeit fragen wollte, hast du gewusst, dass Doktor Nasab einen Sohn aus erster Ehe hat?"

Dieser verdrehte leicht die Augen. „Als ob ich dir das nicht gesagt hätte. Natürlich habe ich es nicht gewusst."

Doktor Feigler schaltete sich wieder ein.

„Ich habe mit Doktor Nasab gesprochen. Er sagte, seine Scheidung damals sei kein Rosenkrieg gewesen. Gerade im Interesse von Kolja habe man darauf verzichtet. Er war traurig, dass seine Exfrau Deutschland mit dem Jungen verließ, verstand es aber. Es war für sie der Kariereschub nach Ende ihrer aktiven Zeit als Primaballerina."

Mike nippte von seinem Kaffee. Jetzt waren also schon drei Ärzte in diesem Fall aktiv. Doktor Nasab als Betroffener, Doktor Feigler und Omar ohnehin. Irgendwie bereitete ihm das Unbehagen, er hatte das Gefühl, dass alles außerhalb seiner Kontrolle geriet. Jeder schien jeden in diesen Fall zu involvieren. Dann sagte er sich, dass es Unsinn war. Er konnte doch eigentlich froh sein über kompetente Unterstützung.

„Gehen wir jetzt einmal vom Täter aus", fuhr der Psychiater fort. „Ich bin von einem Einzeltäter überzeugt, männlich, ungefähr zwischen dreißig und vierzig Jahren. Er ist gebildet, hat wahrscheinlich schon früh eine technische Affinität gezeigt. Sozial eher isoliert."

Omar hob wie ein Musterschüler die Hand. Der Psychiater nickte ihm zu. „Entschuldigen sie, dass ich sie unterbreche, Herr Kollege, aber das hat auch Steven Neubauer gesagt, der IT- Spezialist von Schulz Security. Der Täter dürfte kein Unbekannter in der Szene sein."

Doktor Feigler gab einen leisen, zustimmenden Laut von sich. „Das deckt sich also mit meiner Theorie. Nun zu seiner Motivation. Dem Täter geht es um Macht, also können wir davonausgehen, dass das sein größter, vielleicht sogar einziger Beweggrund ist. Daher nimmt er sich immer eine Dreiergruppe. In dieser Konstellation gibt es immer einen Außenseiter und zwei, die sich verbünden. Der Außenseiter ist dann sein bevorzugtes Opfer, er drängt ihn oder sie immer weiter in diese Rolle. Es ist daher anzunehmen, dass er selbst auch ein Außenseiter war und vielleicht noch ist."

Omar nickte. „Also ein Computernerd, der eher ausgegrenzt wird?"

Mike legte die Fingerspitzen an die Lippen. Dann sprang er auf. „Steven hat doch gesagt, er dürfte kein Unbekannter in der Szene sein? Mit diesen Daten müsste es noch leichter sein, ihn zu identifizieren." Er wandte sich an den Psychiater.

„Danke, Doktor Feigler", sagte er und verließ deutlich beschwingter, als er gekommen war, das Pathologische Institut.

Doktor Feigler sah ihm nach. Dann wandte er sich wieder Omar zu. „Wenn der Herr Hauptkommissar sich da mal nicht irrt. Ich denke, dass dieser Mann eher bisher im Verborgenen agierte und nicht in der Szene, wie Herr Köhler es nannte, aufgetaucht ist."

Kapitel 15

Mike begann langsam der Kopf zu schwirren, aber Hauptkommissar Frank Keilwert nickte mit ernster Miene.

„Kann mir das jetzt mal jemand ohne alles Computer-Fachchinesisch erklären?"

Mike sah Steven und Keilwert abwechselnd an. Ersterer nickte. „Also. Ich habe einen anonymen Tipp bekommen. Im Darknet gibt es eine Gruppe, die dafür bezahlt, in Echtzeit diesen Escape Rooms und die drei Personen, die darin eingesperrt sind, zu beobachten."

Als Mike die Stirn runzelte und etwas einwerfen wollte, winkte Steven ab.

„Ich weiß, was du jetzt sagen willst. Aber so einfach ist das nicht. Es geht nicht darum, nur ein paar Rätsel zu lösen und schwuppdiwupp sind die drei wieder draußen. Das scheint richtiges Hardcore zu sein. Sie sind scheinbar über Tage eingesperrt und was dann an Angst, Aggressionen, Panik und anderem hochkommt, wird live verfolgt."

„Big Brother?", warf Mike ein.

Steven schüttelte den Kopf. „Schlimmer. Die Akteure machen das nicht freiwillig, was für sie als Abenteuer begonnen hat, wird zum Horrortrip."

Mike sah Hauptkommissar Frank Keilwert an. „Ist der Tipp ernst zu nehmen?"

Dieser nickte. „Todernst." Dann stand er auf und lief unruhig hin und her.

„Wie kommen wir in diese Gruppe rein?", fragte er.

Steven warf ihm einen Blick zu. „Gar nicht. Man wird eingeladen und zuvor genau durchleuchtet."

„Verdammte Scheiße", sagte dieser und ergänzte dann. „Entschuldigt."

Mike nickte. „Schon klar."

Keilwert setzte sich wieder. Er wusste, dass er an diesem Fall nicht mitarbeiten durfte, da er selbst betroffen war und es eigentlich nur Mike zu verdanken hatte, dass dieser sich über diese Regelung faktisch hinwegsetzte.

Steven trommelte leise mit den Fingern auf den Tisch. „Ich habe ein paar der Mitglieder geknackt, manche sind wirklich nicht gerade fantasievoll mit ihren Decknamen."

Mike sah ihn interessiert an. „Sind Plauener dabei?"

Steven nickte. „Zumindest ein Mitglied aus Plauen konnte ich namentlich festmachen. Bestimmt ein alter Kunde von euch. Lorenz Willhelm, Wille genannt. So nennt sich der Komiker auch in der Gruppe. Hab mal bissel recherchiert. Als Jugendlicher einige Raubserien, hat sich dann aber später auf Prostitution und Drogenkriminalität verlegt."

Hauptkommissar Keilwert warf Mike einen Blick zu. „Und wenn…"

Steven fiel ihm sofort ins Wort. „Wenn ihr ihn hochnehmen wollt, ist die Gruppe, aber vor allem der Betreiber der Escape Rooms, gewarnt."

Kate, die bisher geschwiegen hatte, erhob sich hinter ihrem Schreibtisch. „Ihr sagt, Zugang zur Gruppe nur auf Einladung?"

Steven nickte. „Und ich vermute, die prüfen genau, wer sich dahinter versteckt."

Sie räusperte sich. „Da hätte ich jemand im Visier, der ein geeigneter Kandidat wäre. Aber ich muss sehen, ob er das überhaupt macht", ergänzte sie, als sie das Aufblitzen in Frank Keilwerts Augen sah. Aber dann lächelte sie ihn an.

„Ich hoffe, ich finde die richtigen Worte bei ihm. Nur versprechen kann ich nichts."

Die sonst rot blinkenden Herzen an der „Villa Love"
waren dunkel. Trotzdem sah Kate in einigen Fenstern
Licht und sie klingelte an der diskret verdeckten An-
lage. Das in der Tür eingebrachte Fenster öffnete sich
und ein bekanntes Gesicht war zu sehen.
„Guten Abend, ich..."
Der Mann unterbrach sie. „Frau Schulz? Ich werde
den Boss fragen ob er sie empfängt."
Sie hörte, wie der Mann etwas in sein Handy murmelte und musste lächeln. Sie erinnerte sich, wie sie
das erste Mal hier gestanden hatte. Damals war sie
deutlich rüder begrüßt worden. In diesem Moment
wurde die Tür geöffnet und der breitschultrige Mann
winkte sie herein.
„Guten Abend. Der Boss erwartet sie, Frau Schulz."
Er deutete auf einen Flur, der sonst eher schummrig
beleuchtet war, jetzt aber in heller Neonbeleuchtung
nicht gerade einladend wirkte. Sie klopfte an die ihr
bekannte Tür, die auch umgehend geöffnet wurde.
Wieder einmal stellte Kate fest, dass Bogdan Serwowitsch, der Bordellkönig von Plauen, eher etwas von
einem Manager als von einem Zuhälter hatte.
Schlank, wie immer korrekt gekleidet mit Anzug und
Krawatte, hatte er nichts mit den Typen mit dicker
Goldkette und Tattoos gemein, die Kate aus Atlanta
kannte.
Bogdan Serwowitsch wirkte rundum seriös und besaß darüber hinaus tadellose Umgangsformen, zumindest soweit sie das aus ihren Begegnungen beur-
teilen konnte.

Auch jetzt bot er ihr einen Platz sowie Kaffee an, was Kate beides annahm. Dann setzte auch er sich und sah sie aufmerksam an.

„Was führt sie in diesen überaus betrüblichen Zeiten zu mir?" Er machte eine vage Geste, die sein leeres Etablissement umfasste. Kate schoss es in den Sinn, dass in diesem Gewerbe das Wort Homeoffice eine noch andere Bedeutung erlangte und musste an sich halten, um nicht loszulachen.

„Ich komme mit einer Bitte zu ihnen, Herr Serwo-witsch. Kennen sie Lorenz Willhelm? Er nennt sich auch Wille."

Serwowitsch sah sie eine Weile an, dann nahm er seine Kaffeetasse und trank. Nachdem er sie wieder abgesetzt hatte, rückte er in seinem Sessel zurück.

„Ein aktueller Fall von ihnen?", fragte er und Kate nickte. Er zog leicht die Augenbrauen nach oben.

„Ich dachte, auch sie sind von diesen Virusauflagen betroffen und…"

Kate hob die Hand. „Bitte, Herr Serwowitsch, erspa-ren sie sich und mir derlei Phrasen. Also?"

Er räusperte sich. „Gut, Willhelm arbeitet ab und an für mich. Er ist eigentlich nicht mein Niveau, aber ich muss ihnen wohl kaum sagen, dass man sich manchmal seine Kontakte nicht aussuchen kann."

Kate nickte zustimmend.

„Gut. Und warum wollen sie das wissen?"

Sie hatte sich von Anfang an vorgenommen, Serwo-witsch reinen Wein einzuschenken. Auch wenn sie seine Arbeit, wenn man es denn so nennen konnte, ablehnte, war sie doch nicht naiv. Sie wusste, dass er in diesem Gewerbe so eine Art Gentlemen war, wie es Mike einmal bezeichnet hatte.

Er behandelte seine „Mädchen" unter diesen Umständen gut, sorgte für medizinische Versorgung, duldete keine Misshandlungen durch Kunden und lehnte Zwangsprostitution ab.

Er hörte ihr aufmerksam zu, runzelte bei der Erwähnung von Elisabeth Nasabs Tod die Stirn und senkte, als sie geendet hatte, eine Weile den Kopf. Dann sah er sie an. „Was soll ich ihrer Meinung nach tun?", fragte er geradeheraus. Etwas anderes hatte Kate auch nicht erwartet.

„Lorenz Willhelm kontaktieren und ihm irgendwie zu verstehen geben, dass sie sich für Escape Rooms und diese Spielchen interessieren, die mit den jungen Menschen dort getrieben werden."

Sie konnte nicht verhindern, dass gegen Ende des Satzes ihre Stimme ihren Abscheu über diese Art des abnormen Voyeurismus ausdrückte.

Bogdan Serwowitsch sah sie interessiert an. Dann lächelte er etwas.

„Stellen sie sich das nicht etwas zu einfach vor, Frau Schulz? Dieser Wille ist zwar nicht die hellste Kerze auf der Torte, wie man im Deutschen so schön sagt, aber zumindest bauernschlau. Er riecht, wenn eine Sache faul ist."

Kate schloss für einen Augenblick die Augen. Dann stieß sie etwas Luft aus. „Eine andere Idee habe ich nicht. Aber wenn sie es nicht wollen, muss ich das akzeptieren."

Sie wollte aufstehen, wurde aber durch eine Geste von ihm zurückgehalten.

Er schob plötzlich das Hosenbein nach oben, was Kate für eine Sekunde irritierte. Dann sah sie eine lange, etwa fünf Zentimeter breite Narbe an der Wade. Mit einer geradezu eleganten Bewegung streifte Serwowitsch das Hosenbein wieder nach unten.

„Ein Motorradunfall. Ich hätte dieses Bein fast verloren. Das es noch da ist und tadellos funktioniert, habe ich Herrn Doktor Nasab zu verdanken. Das seine Tochter tot ist, ist schrecklich. Wenn ich es tue, tue ich es in erster Linie wegen ihm."

Er erhob sich und Kate ebenfalls.

„Sobald ich Informationen habe, melde ich mich bei ihnen." Er deutete auf die Tür.

Als Kate bereits den Türgriff in der Hand hatte, sagte er: „Wie gesagt, ich tue es für Doktor Nasab, aber auch für sie, Frau Schulz. Ich schätze sie sehr und ihre Entführung hat mich außerordentlich betrübt. Auf Wiedersehen."

Mit einem kurzen Nicken ging Kate hinaus.

Kapitel 16

Steven war völlig aus dem Häuschen, so hatte Kate ihren freien Mitarbeiter noch nie erlebt.

„Dieser Serwowitsch ist ein Magier. Zwei Tage, er hat ganze zwei Tage gebraucht, um eine Einladung in diese Gruppe zu bekommen."

Kate nickte. Irgendwie hatte sie auch nichts anderes erwartet, zumal Bogdan Serwowitsch Doktor Nasab etwas schuldete, zumindest nach seiner eigenen Aussage.

Steven hatte mit Frank Keilwert gemeinsam beraten, wie sie klugerweise vorgehen sollten. Es bestand die reale Gefahr, dass Serwowitsch, als faktisch neues Gruppenmitglied, überwacht wurde.

Einem Hacker, dem es bisher gelungen war, die Polizei so an der Nase herumzuführen, würde das nicht schwerfallen. Steven, der sich behutsam, um niemand aufzuschrecken, in seinen Kreisen umgehört hatte, konnte nichts Erhellendes berichten.

„Der Kerl scheint ein Phantom zu sein", hatte er geseufzt, dann aber den Kopf geschüttelt. „Nein, nein, ganz gleich wie gut er ist, er wird einen Fehler machen und dann haben wir ihn."

Mike hatte verlangt, dass die gesamte Aktion im Polizeipräsidium überwacht wurde, was Steven kurz und knapp abgelehnt hatte.

„Ihr glaubt doch nicht allen Ernstes, dass ich euch in alle meine Geheimnisse einweihe?", sagte er mit einem Augenzwinkern, aber das war todernst gemeint.

Kate wusste, dass Steven mehr als einmal am Rande der Legalität und mindestens drei Schritte darüber hinaus ermittelt hatte. Außerdem verfügte er mit Sicherheit über Equipment, dass in Deutschland nicht legal zu bekommen war.

„Wir machen es hier bei mir. Frank und du sind dabei, sonst keiner aus eurer Truppe."

Er sah Mike an, der geräuschvoll die Luft einzog.

„Wie soll ich…" Steven schnitt ihm mit einer Geste das Wort ab. „Keiner weiß, dass wir faktisch undercover ermitteln. Was soll also sein? Haben wir den Kerl, kannst du von mir aus mit der Kavallerie aufmarschieren, aber nicht bei mir."

Mike baute sich vor Steven auf, so dass dieser unwillkürlich einen Schritt zurückwich. „Jetzt hör mir mal zu. Das ist hier keines deine Onlinespiele, das ist verdammt real und ernst. Da draußen sind jetzt insgesamt fünf junge Menschen, die von einem Irren festgehalten werden und…"

Kate war einen Schritt nähergetreten, um Mike zurückzuhalten, aber es war Frank Keilwert, der ihm die Hand auf die Schulter legte. „Lass gut sein, Mike. Ich bin überzeugt, dass Steven weiß was er tut und ich bin mir sicher, er hat den Ernst der Lage sehr wohl erkannt hat."

Mike musterte Steven kurz, dann trat er zurück und fuhr sich durch die Haare. „Ja, sorry."

Dieser winkte ab. „Ich glaube, bei uns allen liegen die Nerven blank."

Kate war jetzt ganz dicht an Mike herangetreten und

berührte ihn kurz an der Hand. Er sah sie an und sie lächelte etwas.

„Wir sollten Steven vertrauen", sagte sie leise. Mike wusste, dass Kate recht hatte. Wenn Frank Keilwert ihm faktisch das Leben seines Sohnes anvertraute, wie konnte er sich dann hinter irgendwelchen Vorschriften verstecken. Ja, alles was sie hier taten war ein einziger Verstoß gegen alle möglichen Dienstvorschriften, aber es ging um die Unversehrtheit von fünf jungen Menschen. War da nicht jedes Mittel legitim? Er hoffte nur, dass sein Vorgesetzter eine ähnliche Sicht auf die Dinge haben würde, sollte jemals etwas von dieser Aktion an seine Ohren dringen. Sonst wäre ein Dienstverfahren wohl noch das Harmloseste was ihn erwarten würde.

„Was hast du vor?", fragte er Steven, ehe seine Gedanken zu sehr in diese Richtung abzudriften drohten. Dieser hatte sich wieder an sein Computerterminal gesetzt. „Einen Zugriff auf den PC von Serwowitsch würde ich lieber nicht riskieren, die Gefahr, dass wir dabei entdeckt werden, ist zu groß. Ich denke, wir statten ihn mit einer Minikamera aus, die mir die Bilder in Echtzeit überspielt."

Er sah Kate an. „Am sichersten ist es, du gibst ihm die Kamera. Er vertraut dir und du wiederum bist vertraut mit eventuellen Beschattungen und wie man sie umgeht."

Sie nickte, auch wenn sie wusste, dass das Mike auch nicht gefallen würde. Aber was blieb ihm jetzt noch übrig, außer gute Miene zum bösen Spiel zu machen?

Am Abend saßen sie zusammen in Stevens Wohnung. Es war noch Omar hinzugekommen und dieser hatte, zu Mikes Erstaunen, um nicht zu sagen, zu seinem Entsetzen, Doktor Feigler mitgebracht.

„Kannst du mir sagen, was das sein soll?", hatte er ihn regelrecht angefahren, nachdem er ihm wortlos gedeutet hatte, ihm in Stevens Küche zu folgen.

Omar zuckte seine massigen Schultern.

„Das kann ich dir sagen. Es wäre meines Erachtens nach gut, einen Psychiater dabei zu haben, der diesen Kerl analysieren kann und vor allem auch die Situation der jungen Leute in seiner Gewalt. Findest du nicht?"

Er hatte sehr ruhig gesprochen, während er sich an Stevens Hightechkaffeemaschine zu schaffen machte.

„So ein Ding muss ich mir unbedingt zulegen", murmelte er, als diese leise Töne und einen unbeschreiblichen Kaffeeduft verströmte.

Mike schüttelte den Kopf und stieß fast mit Doktor Feigler zusammen, als er die Küche verließ.

„Der Herr Kollege hat recht, Herr Hauptkommissar. Vielleicht kann ich ihnen behilflich sein."

Mike wurde einer Antwort enthoben, weil Steven rief: „Kommt, es geht los."

Kapitel 17

Die Kamera, die Bogdan Serwowitsch unsichtbar für andere in seiner Krawatte trug, sendete hochaufgelöste Bilder von seinem Computerbildschirm.

Steven und die anderen konnten das komplizierte Einloggen in diesen Bereich des Darknet genau verfolgen, dass Serwowitsch, geleitet von einer Computerstimme, absolvierte.

Steven spiegelte nicht nur die Prozedur auf seinem PC, die Sequenzen wurden alle mitgeschnitten, sodass im Nachhinein eine detaillierte Auswertung erfolgen konnte. Der gesamte Vorgang nahm fast eine Viertelstunde in Anspruch, einschließlich der Überweisung von fünftausend Euro in Bitcoins als Eintritt in diesen exklusiven Club. Nachdem diese Formalia erledigt waren erschien kurz ein schwarzer Bildschirm, allerdings lange genug, um bei den Zuschauern in Stevens Wohnung ein Atemstocken auszulösen. Waren sie aufgeflogen? Einzig Bogdan Serwowitsch schien ruhig zu sein. Seine Hand erschien am Bildrand, die ein Glas Wein ergriff. Dann endlich erhellte sich der Bildschirm und eine Art Gewölbe wurde sichtbar. Die Beleuchtung war düster, was mit Sicherheit so inszeniert war.

„Ein Stollen oder ein Keller", murmelte Omar.

„In Budapest bietet das Unternehmen Parapark seit 2011 ein reales Escape-the-Room-Spiel in einem der vielen Ruinenkeller an. Das scheint hier eine Kopie zu sein", sagte Steven und sah Frank Keilwert an, der zustimmend nickte. Jetzt nahm die Beleuchtung geringfügig zu und man sah drei Gestalten.

„Das sind sie. Bastian, Marvin und Nicolas", rief Frank Keilwert und sein Kopf schnellte unwillkürlich nach vorn. Allerdings sahen die drei Jungs deutlich verändert aus. Sie trugen mittelalterliche Kleidung, ihre Haare, sowie Gesicht und Hände waren verschmutzt und sie wirkten alles in allem verstört und verängstigt.

„Verdammt, verdammt, verdammt", murmelte Bastians Vater und sprang von seinem Platz auf.

Mike bereute, dass er kein Argument gefunden hatte, Frank Keilwert von der heutigen Aktion auszuschließen. Aber immerhin war er, neben Steven, der einzige Fachmann auf diesem Gebiet. Doktor Feigler war neben den Hauptkommissar der Abteilung Internetkriminalität getreten und legte ihm die Hand auf die Schulter.

„Sie scheinen körperlich unversehrt und halten sich recht gut."

Frank Keilwert sah den Psychiater an. „Noch", sagte er leise und nahm wieder neben Steven Platz.

Eine Computerstimme war zu hören.

„Nun, ihr Knappen, Zeit für die nächste Aufgabe."

Kate stieß ein leises Schnauben aus. „Und für diesen Unsinn gibt jemand Geld aus?", fragte sie ungläubig, um im gleichen Moment zu verstummen.

Die düstere Beleuchtung wich einem hellen Spot, in dessen Mitte ein Käfig stand. In diesem Käfig kauerte, nur mit einem Tuch bedeckt, Charlotta Meisner.

Sie wirkte völlig paralysiert und starrte blicklos geradeaus.

„Sie steht unter Schock", sagte Doktor Feigler, der jetzt näher an den Bildschirm herangetreten war.

Das war angesichts der Tatsache, dass der Käfig nur zirka einen Meter zwanzig in Höhe und Breite zu betragen schien, kein Wunder, denn das Mädchen kauerte nur mühsam in einer unbequemen Position.

„Blut", sagte plötzlich Omar und deutete auf den gut erkennbaren Käfigboden.

Es war Mike, der plötzlich auch den Grund entdeckte. „Ihr Fuß", sagte er und schluckte, so widerte ihn der Anblick an. Jetzt sahen es auch die anderen. Der Fuß des Mädchens war mit einem dicken Nagel durchstoßen und am Boden des Käfigs festgenagelt. Jetzt ertönte wieder die Computerstimme.

„Wird es den Knappen dieses Mal gelingen, die holde Maid zu befreien, oder wird sie wieder durch die Schuld eines der Knappen bestraft werden? Ich bitte um die Einsätze."

Am rechten Rand des Computers erschien ein neues Feld. „Jetzt werden die Wetten platziert. Schaffen sie es, ja oder nein." Stevens Stimme klang unnatürlich ruhig. „Das ist widerlich", sagte Kate und schüttelte den Kopf. Trotzdem war ihr klar, dass sie hier nicht eingreifen konnten. Ihre einzige Chance würde in der Analyse der Aufzeichnung bestehen und der damit verbundenen Hoffnung, irgendeinen Hinweis zu finden.

Sie sah, dass jetzt auch Bogdan Serwowitsch eine

Wette platzierte, zweitausend Euro darauf, dass einer der Jungs es schaffen würde, Charlotta zu befreien. Obwohl es zu seiner Aufgabe gehörte, jagte es Kate einen Schauer über den Rücken. Dann schienen alle Beteiligten ihre Wetten abgeschlossen zu haben.

Steven stieß einen leisen Pfiff aus. „Knapp achtzigtausend Euro."

Plötzlich wurde der Raum vor ihnen auf dem Bildschirm wieder dunkel.

Die Computerstimme ertönte.

„Knappen, wählt den mutigsten und klügsten Recken aus eurer Reihe. Es bleiben euch ab jetzt fünf Minuten zur Wahl und zur Lösung des Rätsels. Danach ist die Jungfrau frei oder sie büßt wieder für euer Versagen."

Mike zog scharf die Luft ein und sah Steven an.

„Gibt es kein Mittel herauszubekommen, von wo das gesendet wird?"

Steven und Frank Keilwert schüttelten synchron die Köpfe. „Auf alle Fälle nicht jetzt."

Steven starrte wie gebannt auf den Bildschirm.

Die drei Jungs sahen sich an. Plötzlich schrie Marvin.

„Ich mach das nicht mehr mit, hört ihr. Das ist scheiße, ich will hier raus." Er rannte durch den Raum, was nur schemenhaft zu erkennen war und rammte beide Fäuste gegen die aus groben Steinen bestehende Wand. Schmerzerfüllt heulte er auf und ließ sich auf die Knie fallen.

„Noch vier Minuten", ertönte die Computerstimme.

Steven deutete auf das Feld innerhalb des Bildschirms. „Seht ihr das? Die Wetten gehen hoch, das ist doch krank."

Bastian war neben Marvin getreten und schüttelte ihn heftig an den Schultern. „Hör auf, wir müssen dem Mädchen helfen."

Der Angesprochene hob den Kopf. Trotz der schummerigen Beleuchtung sah man auf den verschmierten Wangen Spuren, die zeigten das er geweint hatte. „Ach ja, so wie gestern Nicolas? Und was war? Der Irre da draußen hat sie an den Käfigboden genagelt."

Kates Mund war plötzlich staubtrocken. Was hatte der Junge gesagt? Charlotta saß seit einem Tag schon in diesem Käfig, oder vielmehr kauerte dort und war am Boden festgenagelt? Kein Wunder, dass sie unter Schock stand.

Sie bemerkte, dass Doktor Feigler neben sie getreten war. Er war blass und schüttelte langsam den Kopf. „Das ist Wahnsinn", sagte er leise, als verstehe er erst jetzt das ganze Ausmaß der Sache.

Kate sah ihn an. „Es ist ein Unterschied davon zu lesen oder zu hören oder einen Tatort live zu sehen."

Erst im Nachhinein war ihr bewusst, wie provokant das klang, aber der Psychiater schien es nicht so aufzunehmen.

Er nickte nur. „Sie haben mit Sicherheit mehr und schlimmere Dinge gesehen."

Sie schüttelte langsam den Kopf. „Aber damit wird so eine Situation auch nicht leichter. Wir stehen hier und können diesen Wahnsinn nicht stoppen."

„Noch drei Minuten", ertönte die Computerstimme. Die Wetten schossen nach oben, die einhunderttausend Eurogrenze war erreicht.

„Verdammte Scheiße", fluchte Steven und schlug frustriert mit der flachen Hand auf den Tisch.

Mike befürchtete, er könne die Verbindung abbrechen, also trat er hinter ihn. „Steven", sagte er ruhiger, als ihm zumute war. „Wir brauchen Details."

Dieser seufzte tief und nickte schließlich.

Bastian war inzwischen von Marvin weggetreten und sah Nicolas an, der völlig apathisch auf den Käfig mit Charlotta starrte. Schließlich richtete Bastian sich auf und sah in die imaginäre Kamera.

„Ich werde es tun", sagte er laut.

„Die anderen Knappen müssen dich erwählen", erscholl wieder die Computerstimme.

Bastian stieß Nicolas an, der schließlich den Kopf hob. „Sag was", drängte Bastian ihn. Stoisch nickte dieser. „Gut, ich wähle dich", flüsterte er heiser.

Dann fuhr er zu Marvin herum, der noch immer am Boden kauerte. „Sagst du auch was?"

Dieser reagierte nur mit Schluchzen. Bastian trat ihm in die Seite, so heftig, dass er nicht nur aufschrie, sondern auch sein Vater auf der anderen Seite des Bildschirms die Luft geräuschvoll einsog.

„Du Weichei", schrie Bastian Marvin an. „Sonst machst du immer einen auf dicke Hose und jetzt?"

„Lass mich", heulte Marvin auf, aber Bastian gab nicht auf.

„Mach dein Maul auf", brüllte er ihn an.

„Noch zwei Minuten", ertönte die Computerstimme. Die Wetten schossen weiter nach oben.

Marvin kreischte. „Ja, ja doch, ich wähle dich auch."

Die Computerstimme sagte: „Dann ist hier dein Rätsel."

Der Raum verdunkelte sich weiter, aber an der Wand erschien eine geheime Anaglyphenbotschaft.

„Was ist denn das?", fragte Mike und starrte auf das Gebilde.

„Bastian muss die Decoder Brille finden, um die Botschaft lesen zu können", sagte Frank Keilwert, keine Sekunde die Augen von dem Bildschirm lassend. Sein Sohn sprintete inzwischen durch das Gewölbe und suchte fieberhaft in Nischen, Truhen und aufgestellten anderem Krimskrams, den man so bisher noch nicht wahrgenommen hatte.

„Die Zeit ist zu kurz", stöhnte Steven auf. Er sah auf die Zahlen im rechten Rand. „Das Schwein verdient sich dumm und dusslig daran, das Menschen leiden."

„Das ist nur dazu da, seine Fantasien auszuleben. Um das Geld geht es ihm nur sekundär. Es geht um Macht und um das Spiel. Er fühlt sich wie ein römischer Imperator, der seine Gladiatoren in die Arena entlässt. Er ergötzt sich am Spiel, nicht zu wissen, wie es ausgeht und doch alle Fäden in der Hand zu haben." Während Doktor Feigler das sagte, presste er die Hände fest aneinander.

Steven fuhr zu ihm herum. „Gutes Psychogramm, Doc, hilft uns aber leider nichts. In einer Minute bekommt die Kleine da den nächsten Nagel, und zwar in den anderen Fuß."

Kate wollte etwas sagen, aber der Psychiater hob die Hand. „Sehen sie, genau das will er, die Menschen manipulieren." Er nickte zum Bildschirm.

Steven folgte seinem Blick und hörte die Computerstimme. „Noch eine Minute."

Dann stützte er seinen Kopf in die Hand. „Ja, das will er, sorry Doc."

Der Psychiater winkte ab. „Unsere aller Nerven liegen blank. Wir sind zum Nichtstun verdammt und sehen dem Chaos zu."

Bastian wühlte noch immer wie wild in allerlei Behältnissen, als eine imaginäre Uhr zu ticken begann, der Countdown. Marvin hatte sich langsam wieder aufgerappelt und schüttelte den Kopf.

„Hör auf, es ist doch sinnlos", sagte er leise, ohne das Bastian reagierte. „Weder wir noch das Mädchen kommen hier je wieder lebend raus."

Es waren vielleicht gerade diese Worte, die Nicolas aus seiner Erstarrung holten. „Sag das nicht, hörst du. Ich will leben und ich will wieder nach Hause."

Er sagte es leise, wie wenn er selbst die Hoffnung schon verloren hatte, aber sich mit letzter Kraft an irgendetwas klammern wollte.

Das Ticken der Uhr wurde immer lauter und langsam wurde der Spot über dem Käfig heller, bis Charlotta wieder völlig ausgeleuchtet war.

Sie hatte ihre Position nicht verändert, obwohl das sicher nicht in großem Umfang möglich gewesen wäre, aber nicht eine einzige Microbewegung war ersichtlich.

„Stuporöser Zustand", diagnostizierte Doktor Feigler leise und Omar, der sich bisher sehr schweigsam im Hintergrund gehalten hatte, nickte dazu.

„Vielleicht ist das in der jetzigen Situation für sie auch besser so", meinte er und trat näher an den Computerterminal.

Die Uhr tickte jetzt so schnell, dass das Geräusch fast unerträglich war.

„Der Knappe hat versagt", tönte die Computerstimme und plötzlich war absolute Stille.

Bastian ließ sich zu Boden gleiten und sein Kopf sank in seine Hände. An seinen zuckenden Schultern sah man, dass er weinte.

Schließlich hob er den Kopf und sah zum Käfig hinüber. „Verzeih mir", sagte er und die Tränen liefen ihn ungehemmt über die Wangen.

Sein Vater stand neben Steven und hatte die Hände zu Fäusten geballt. Auch in diesem Raum hier war absolutes Schweigen.

Während alle darauf warteten, dass Charlotta von einem neuen Nagel gequält wurde, erschien wie aus dem Nichts ein Kopf mit einer Tiermaske auf dem Bildschirm.

Steven fuhr so heftig zurück, dass er mit seinem Stuhl gegen Frank Keilwert fuhr, der ins Stolpern geriet und sich an der Lehne des Stuhls festhielt.

Dieser kam bedrohlich ins Schwanken, aber weder er noch Steven ließen einen Blick von der Maske.

Schließlich war es Steven, der mit dem Zeigefinger mehrfach auf den Bildschirm deutete und mit überschlagender Stimme sagte: „Der Wulf, mein Gott, er ist es tatsächlich."

Kapitel 18

„Was für ein Wolf?", fragte Mike verstört und sah Kate an, die nur mit den Schultern zuckte.

„Der Wulf ist eine legendäre Figur in der Szene. Bisher war er eher in Amerika aktiv. Er…"

Steven schwieg, weil sich etwas auf dem Bildschirm tat.

„Was du hier tust ist menschenverachtend. Du denkst, du bist clever und unbesiegbar? Du Narr, ich bin in dein ach so sicheres System hineinmarschiert und das ohne große Hindernisse. Für Elisabeth Nasab kam ich zu spät, sie hast du getötet und für Charlotta Meisner, die du verletzt und traumatisiert hast. Aber dafür werde ich Rache an dir nehmen, genau wie jeder andere aufrechte Hacker in diesem, unserem Universum. Du hast unseren Ehrenkodex verletzt, hast junge Menschen zum Spielball deine perversen Fantasien gemacht und das für Geld. Du hast gemordet. Du kannst dich nicht vor mir verstecken. Du glaubst, du bist der Jäger? Irrtum, du bist der Gejagte."

Während Steven und Frank wie gebannt auf den Bildschirm und in diese Wolfsmaske starrten, schüttelte Mike den Kopf. „Hör auf zu labern und sag uns lieber…"

Ein Anruf unterbrach ihn. „Ja?"

Es war Marianne Jäger. „Mike? Wir haben einen anonymen Hinweis zum Aufenthaltsort der fünf Jugendlichen bekommen. Die Kollegen sind gerade vor Ort und warten jetzt auf das Sondereinsatzkommando. Ein abgelegenes Bauernhaus in Richtung Straßberg.

Ich gebe dir die Adresse durch."

Mike ließ das Telefon sinken und sah wieder zum Bildschirm. „Gut gemacht, Wulf", murmelte er.

Er nickte Frank Keilwert zu, der seine Jacke nahm und ihm folgte. Gemeinsam rasten sie, in Mikes Wagen mit Blaulicht in Richtung Straßberg.

Während der Fahrt gab Frank Mike eine kurze Erklärung. „Wie Steven schon sagte, dieser Wulf ist eine Ikone. Eine Art Internet Robin Hood, um es mal einfach auszudrücken. Er hat einige Betrüger in punkto Internetkriminalität, an denen sich sogar Interpol die Zähne ausgebissen hat, zur Strecke gebracht. Dabei scheint er seinen eigenen Codex zu haben. Kleinere Gaunereien bis hin zu Steuerbetrug scheinen ihn nicht zu interessieren. Er wird nur aktiv bei Menschenhandel, Kinderpornographie, Zwangsprostitution und solchen Dingen und das mit erheblichen Erfolgen. Leider kennt niemand seine Identität. Er tritt auch bei seinen seltenen Auftritten in Internetforen nur mit dieser Wolfsmaske auf."

Mike sah zu ihm hinüber. „So wie dieser Rapper, dieser Cro mit seiner Pandamaske?"

In diesem Moment bogen sie in eine schmale Einbahnstraße ein, die von Polizeiwagen und Feuerwehr zugeparkt war.

Gerade wurde ein Hund aus einem der Autos gelassen und von seinem Hundeführer auf das weitläufige Gelände des einfachen, schlicht renovierten Vierseithofes geführt.

Der Leiter des Sondereinsatzkommandos trat zu Mike, der mit Frank Keilwert ausgestiegen und ein paar Schritte hinter die Absperrung getreten waren.

„Wir wissen noch nicht was uns erwartet. Deshalb wollen wir erst einmal Sprengfallen und ähnliches ausschließen bevor wir reingehen."

Frank Keilwert hob seinen Laptop hoch. „Vielleicht kann ich ein bisschen was Erhellendes zu den Kellerräumen beitragen", sagte er und der Leiter des Sondereinsatzkommandos deutete auf einen Einsatzwagen.

„Dann gehen sie mal rein, Kollege. Habe gehört, ihr Sohn soll da drin sein?" Frank nickte.

„Okay, dann holen wir ihn mal heil da raus."

Er klopfte Frank Keilwert auf die Schulter und trat nach ihm in das Einsatzfahrzeug.

Mike rief inzwischen einen Rettungswagen, da er den Zustand von Charlotta kannte. Sie würde am dringendsten medizinische, vor allem aber psychologische Hilfe benötigen.

Zwanzig Minuten später betrat Mike nach dem Sondereinsatzkommando, gemeinsam mit Frank Keilwert und zwei Notärzten das Bauernhaus, in dessen Keller geschickt eine weitere Falltür eingebaut war, die in den felsigen Untergrund führte.

Dort war ein riesiges Gewölbe entstanden, aber auch kleine Zellen, die wirklich an Kerkerzellen aus dem Mittelalter erinnerten.

Hier war als erstes Raffaela Schneider schlafend auf einer Matratze aufgefunden worden. Betäubt, scheinbar mit Schlafmitteln laut der einen Notärztin, die sich um sie kümmerte, aber wohl außer Lebensgefahr.

In dem Gewölbe selbst hatte Frank Keilwert seinen Sohn fest in die Arme geschlossen, was sich dieser schluchzend gefallen ließ.

Nicolas und Marvin waren traumatisiert, aber physisch soweit in Ordnung.

Der Käfig, in dem Charlotta Meisner festgehalten wurde, musste von der Feuerwehr aufgeschweißt werden. Der zweite Notarzt, der mit vor Ort war, verabreichte ihr eine Notfallnarkose, um den Nagel, der durch ihren Fußrücken bis in den Boden getrieben worden war, zu entfernen.

Äußerlich schien das Gewebe nicht stark von der einsetzenden Entzündung in Mitleidenschaft gezogen worden zu sein. Sie wurde, intubiert und beatmet, mit einer Trage vorsichtig die steile Treppe nach oben gebracht.

Mike sah sich um. Er war sich sicher, dass die Kameras noch liefen und diese Aktion live im Darknet übertragen wurde, aber das auch Steven und die anderen ihn sehen konnten.

Daher verließ er das Gebäude und ging zurück zu seinem Wagen, um einige Telefonate zu führen.

Er erfuhr, dass Kate bereits Frau Schneider informiert hatte, die ja ihre Klientin war.

Diese war schon auf dem Weg ins Krankenhaus, wo Rafaela den ihr beigebrachten Schlafmittelrausch ausschlief.

Es wäre gut, wenn ihre Mutter beim Aufwachen bei

ihr wäre. Omar hatte dahingehend bereits das Krankenhaus informiert und sichergestellt, dass, Virusbeschränkungen hin oder her, der Mutter Zutritt zu ihrer Tochter gewährt wurde.

Dann ging Mike zurück zum Einsatzwagen, wo inzwischen eine kurze Lagebesprechung stattfand.

Jetzt würde die Spurensicherung das gesamte Haus auseinandernehmen und vor dem späten Vormittag waren sicher keine ersten Ergebnisse zu erwarten.

Mike sah zur Uhr. Es war bereits nach Mitternacht.

Die fünf Jugendlichen waren in Behandlung, beziehungsweise würden sie, wie im Fall von Sebastian Keilwert, nach Hause gehen.

Dieser wurde gerade von seinem Vater nach draußen geführt. Mike trat auf ihn zu und klopfte ihm auf die Schulter. „Respekt, Bastian. Du hast dich top gehalten da drin."

Dieser zeigte ein leichtes, reichlich verkrampftes Lächeln. „Trotzdem…" Er brach ab und schüttelte den Kopf.

Mike sah Frank Keilwert an. „Ob ich die Jungs morgen Vormittag befragen könnte? Immerhin sind sie derzeit unsere einzigen Zeugen. Charlotta wird noch nicht so schnell vernehmungsfähig sein und bei Raffaela weiß man nicht, wie lange die Wirkung der Schlafmittel, oder was immer sie bekommen hat, anhält und was sie überhaupt mitbekommen hat."

Frank nickte. „Ich denke, das wird gehen."

Kapitel 19

Am nächsten Vormittag saß Mike schon seit den frühen Morgenstunden in seinem Büro. Er hatte kaum fünf Stunden geschlafen, fühlte sich aber seltsam munter.

Die ersten Ergebnisse der Spurensicherung waren eben eingetroffen, die aber noch nicht sehr ermutigend waren. Die Herkunft des zahlreich vorgefundenen Equipments wie Kameras, Beleuchtung und so weiter musste noch geklärt werden.

Das Haus selbst gehörte einem 81-jährigen Rentner, der in einem betreuten Wohnen lebte und es für eine stolze Summe vermietet hatte.

Bei seiner morgendlichen Vernehmung hatte er Kommissarin Marianne Jäger lächelnd gesagt, dass er für dreitausend Euro Miete im Monat nicht nachgefragt habe, was der Mieter mit dem Gebäude vorhabe, solange das Geld pünktlich auf seinem Konto eingegangen war. Der Mietvertrag war mit einem Namen und einer Leipziger Adresse versehen, die beide erwartungsgemäß nicht existierten. Der Vertrag selbst war über ein Maklerbüro abgewickelt worden, das ebenfalls nicht existierte. Kurzum, auch diese Spur war kalt.

Mike trug gerade die Fakten zusammen, die sie hatten, als Frank Keilwert mit Bastian, Marvin und Nicolas eintrat. Die Jungs waren wieder normal gekleidet. Etwas Schlaf und eine ausgiebige Dusche hatten ihr übriges getan, sie besser aussehen zu lassen.

Frank hatte die Erlaubnis von Nicolas und Marvins Eltern zur Vernehmung eingeholt.

Die drei nahmen an dem Tisch in Mikes Büro Platz, Frank und er gesellten sich zu ihnen.

Sie schienen froh zu sein über alles sprechen zu können, es sprudelte fast aus ihnen heraus. Marvin gab zu, Nicolas und Bastian zu der Escape Room Geschichte überredet zu haben.

„Ich hatte schon Kontakt zu diesem Mann, bevor wir die Tote in dem alten Werk im Westend gefunden haben. Ich dachte, Bastian bekommt Schiss und sagt es seinem A…, ähm, ich meine seinem Vater", sagte er mit einem scheuen Lächeln zu Hauptkommissar Keilwert, der nur schräg grinste.

Mike erinnerte sich an den Blick, den Marvin Bastian in jener Nacht zugeworfen hatte. Also hatte er doch richtig gesehen.

„Wie hat der Mann Kontakt zu dir aufgenommen?", fragte er.

„Über WhatsApp. Er hat mir auch Bilder von seinen neugegründeten Locations geschickt. Er war nett. Ich meine, er sagte, er wisse, wir sind noch nicht volljährig und bräuchten eigentlich die Einwilligung unsere Eltern. Aber in diesen Zeiten sei alles ein bisschen anders und er wolle Jungs wie uns einen Gefallen tun, weil seine Geschäfte, die er gerade aufbaut, jetzt auch nicht so laufen wie erhofft. Daher dürften wir es kostenfrei nutzen, sozusagen aus Marketinggründen. Er hoffe, wir würden nach dem Lockdown mit unseren Freunden wiederkommen und sein Geschäft ankurbeln."

Frank Keilwert schüttelte den Kopf und sah alle drei nacheinander an.

„Und das hat euch nicht stutzig gemacht?"

Als Bastian den Kopf schüttelte, warf Mike Frank einen Blick zu. Es war doch klar, dass scheinbar, zumindest bisher, Marvin der Kopf der Gruppe war. Das war, durch die zahlreichen Posts bei Facebook und die hochgeladenen Clips bei YouTube, auch dem ominösen Unbekannten klar gewesen.

Er hatte es wahrscheinlich dieses Mal gezielt auf eine schon bestehende Dreiergruppe abgesehen, nicht wie vorher, nämlich auf eine willkürliche Zusammenstellung mit Charlotta, Elisabeth und Raffaela.

Marvin hatte etwas den Kopf eingezogen, sagte dann aber recht gefasst: „Ja, ich habe schließlich Nicolas und Bastian überredet. Wir wollten keinen Stress, darum haben wir niemand etwas gesagt."

Er warf wieder einen Blick auf Frank Keilwert.

Dieser nickte und sah seinen Sohn an. „Darum haben wir nichts auf deinem Rechner gefunden."

Bastian zog leicht die Schultern nach oben.

„Ich hatte mit diesem Verrückten nie Kontakt. Er hat alles mit Marvin ausgemacht und wir sind dann abends, wie ausgemacht, zu diesem Haus gegangen. Wir haben geklingelt, die Tür ging automatisch auf und im Flur stand ein Mann."

Jetzt richtete sich Mike etwas auf. „Kannst du ihn beschreiben?"

Bastian schüttelte den Kopf. „Es war krass. Er war

gekleidet wie ein Mönch, so mit Kutte und so. Die
Kapuze ganz vorgezogen, wir haben sein Gesicht
nicht gesehen. Wir dachten, das gehört schon zum
Spiel. Also sind wir rein, mit runter in den Keller und
dann hat er uns die Klamotten gegeben. Sagte, es
gehört zum Spiel. Als wir umgezogen waren, sind
wir in dieses Gewölbe und sahen den Käfig. Dann
war die Tür hinter uns zu, wir kamen nicht mehr
raus." Er verstummte und setzte sich zurück.
„Wir haben gedacht, wir kommen nie mehr raus",
ließ sich Nicolas leise vernehmen.
Mike machte sich einen Moment Sorgen, dass jetzt
die Situation eskalieren könnte, wenn Nicolas einen
Flashback erleben würde. Aber es war Bastian, der
ihn jetzt ansah, aufstand und seine Hand auf seine
Schulter legte. „Sind wir aber."
Nicolas hob den Kopf und nickte. Bastian setzte sich
wieder hin.
Mike beobachtete ihn. Es war klar, dass Marvin seinen Status als Chef dieser kleinen Gruppe verloren
hatte.
„Sag mal", wandte Mike sich jetzt an Bastian. „Der
Mann, auch wenn ihr ihn nicht richtig sehen konntet,
wie würdest du ihn beschreiben? Lass dir Zeit."
Dieser rieb sich die Stirn und schien wirklich ange-
strengt nachzudenken. „Also, sonderlich groß war er
nicht, ich denke wie Nicolas."
Mike sah den schmächtigen Jungen an, der kleinlaut
sagte. „Einsfünfundsechzig."
„Gut. War er eher kräftig?"

Bastian schüttelte den Kopf. „Durch die Kutte konnte man nicht viel sehen, aber ich denke, eher schlank."

„Und die Stimme?"

Jetzt schaltete sich Marvin ein, der es wohl satt hatte das nur Bastian die gesamte Aufmerksamkeit erhielt.

„Relativ hoch."

Als Bastian bestätigend nickte, sahen Mike und Frank sich an.

Kapitel 20

„Du glaubst, es könnte eine Frau sein?"
Kate stellte Mike eine Tasse Kaffee hin und setzte
sich zu ihm auf die Couch. Es war zwar schon fast
22.00 Uhr, aber beide hatten heute noch keine Zeit für
einen Kaffee gehabt und waren jetzt einfach in der
Stimmung für eine gute Tasse ihres Lieblingskaffees.
„In diese Richtung hat scheinbar noch niemand gedacht. Auch Steven hat es ziemlich die Sprache ver-
schlagen, als ich es ihm sagte. Diese ganze Hacker-
community scheint aus ganz schönen Machos zu
bestehen. Scheinbar können sie sich eine Frau nur
bedingt in ihren Reihen vorstellen."
Kate lachte laut auf. „Das lass jetzt Steven aber bitte
nicht hören. Also, ich arbeite schon eine Weile mit
ihm, ein Macho ist der nicht." Dann wurde sie ernst.
„Aber es könnte auch ein zierlicher Mann sein, vielleicht etwas feminin und deshalb agiert er so?"
Mike wog den Kopf hin und her. „Lassen wir uns
beide Optionen offen, obwohl uns das erst einmal
nicht weiterbringt. Sie oder er ist vom Erdboden verschwunden, wir haben keine Spur. Nichts, Nada."
Frustriert ließ er sich in die Polster zurückfallen.
„Ihr habt immerhin fünf Jugendliche aus seinen oder
ihren Fängen befreit."
Mike stieß einen undefinierbaren Laut aus. „Ja, mit
Hilfe eines Phantoms, das sich Wulf nennt und von
dem wir auch nichts wissen. Diese ganze Darknetge-
schichte macht mich krank."

Dann sah er Kate an. „Geht es Raffaela und Charlotta besser?"

Diese nickte. „Raffaela hat eine leichte retrograte Amnesie, laut Doktor Feigler. Das heißt aber leider, sie kann sich nur sehr bruchstückhaft bis gar nicht erinnern. Es muss an der Kombination aus Schlafmitteln und Drogen liegen, die man ihr verabreicht hat. Aber sonst ist sie physisch unversehrt, keine sexuellen Übergriffe oder Misshandlungen. Ich habe heute mit ihr und ihrer Mutter gesprochen. Sie bleibt noch ein, zwei Tage in der Klinik. Dann kann sie nach Hause. Auf mich wirkte sie sehr gefasst. Charlotta liegt noch auf der Intensivstation. Die Infektion im Fuß war doch stärker als vor Ort gedacht, sagte mir Omar. Außerdem macht sich Doktor Feigler Sorgen um ihren psychischen Zustand."

„Wurde sie…?"

Kate schüttelte den Kopf. „Nein, kein Sexualdelikt."

Plötzlich läutete es Sturm. Kate und Mike sahen sich an, dann ging sie zur Haustür und öffnete.

Es war Steven. Er stürmte an ihr vorbei ins Wohnzimmer, wo Mike aufgesprungen war.

„Was ist denn mit dir los?" Kate war ihm gefolgt und sah zu, wie Steven seinen Laptop ungefragt zwischen den Kaffeetassen auf dem kleinen Tisch plazierte. Dieser sah sie beide an.

„Diese Link hat mir Wulf vor einer halben Stunde geschickt, das solltet ihr euch ansehen."

Das Gewölbe war sichtbar. Es lag in einem angenehmen Licht, nicht so düster, wie bei den letzten Aufnahmen mit den drei Jungs.

Es war auch ganz anders eingerichtet, mit einem hellen, verschnörkelten Diwan, kleinen Tischen mit Nippes und Spitzendeckchen. Am Boden lagen Teppiche.

Augenscheinlich lief das Spiel mit den diversen Wetteinsätzen schon eine Weile. Noch lagen sie im einstelligen Bereich, scheinbar wussten die Spieler noch nicht, was sie erwartete.

Charlotta und Raffaela waren zu sehen, sie trugen ähnliche viktorianische Kleidung, wie man sie bei der toten Elisabeth gefunden hatte. Sie saßen an dem kleinen Tisch, der mit einem vergoldeten Teeservice fast komplett zugestellt war und wirkten verstört.

In diesem Moment kam von der Seite jetzt auch Elisabeth Nasab ins Bild. Man sah sie erst nur von hinten, sie schien zu schwanken. Raffaela, die sie direkt ansah, sprang auf und rannte auf sie zu.

„Ich bekomme keine Luft, ich brauche mein Asthmaspray", hörte man Elisabeth keuchen.

Raffaela ergriff ihren Arm und zog sie zu dem Diwan. Sie setzte sie dort hin, stützte ihren Rücken mit zahlreichen Kissen ab und legte auch ihre Arme hoch, indem sie auch diese unterpolsterte. Sie erschien insgesamt in dieser außergewöhnlichen Situation sehr routiniert und gefasst.

Kate, die genau wie Mike gebannt auf Stevens Laptop starrte, sagte plötzlich: „Raffaela ist im Sanitäts-

dienst des DRK, das hat mir ihre Mutter erzählt."
Man sah auch, dass Charlotta sich nicht zu rühren
schien und nur zusah, was Raffaela tat.

Da erklang plötzlich die bekannte Computerstimme.
„Ladys, sie haben jetzt die Gelegenheit, ein Leben zu
retten. Lösen sie die Rätsel und sie werden Miss Elisabeth helfen können."

Spontan wurden die Wetteinsätze erhöht.

„Diese perversen Schweine." Kate sah geradezu an-
geekelt auf den Bildschirm und presste die Hände
zusammen.

Wieder verdunkelte sich leicht der Raum und an der
glatten Wand erschien die bekannte geheime Anaglyphenbotschaft. Raffaela sprang spontan zu Charlotta und rüttelte sie. „Los, komm, irgendwo hier ist
eine Decoder Brille. Wir müssen sie finden."

Charlotta erhob sich langsam, wurde aber dann,
durch Raffaelas permanentes Anschreien, etwas zu
tun, doch aktiver. Man sah, wie die Mädchen fieberhaft alles durchsuchten. Das Teeservice, die Nippes
fielen zu Boden, Kissen und Decken wurden abgetas-
tet und teilweise zerrissen. Inzwischen rang Elisabeth
immer heftiger um Atem, ihre Hände krallten sich in
das helle Polster des Diwan.

„Das sind die Faserspuren, die Omar unter ihren
Fingernägeln entdeckt hat", dachte Mike und war
sich bewusst, wie makaber dieser Gedanke jetzt angesichts eines live im Darknet übertragenen Todes-
kampfes war.

„Ihr solltet euch beeilen, junge Ladys."

Die Computerstimme war von unerträglicher Emotionslosigkeit.

In diesem Moment kippte Elisabeth zur Seite, die stützenden Kissen rollten zu Boden. Raffaela rannte zu ihr und schüttelte sie. „Mach die Augen auf. Elisabeth."

Charlotta rief: „Ich habe sie, ich habe sie", und hielt die Brille hoch. Dann sah sie zu Elisabeth und ihre Hand öffnete sich, die Brille rollte zu Boden.

Das Bild erlosch.

Kate, Mike und auch Steven starrten wie paralysiert auf den Bildschirm, der jetzt schwarz war. Es war schließlich Steven, der sich langsam erhob und auf den Laptop deutete.

„Wisst ihr, was das war? Das war ein Snuff- Film, und da heißt es immer, die gibt es nicht, das ist die Fantasie von ein paar Verschwörungstheoretikern. Da habt ihr es, das ist verdammte Realität. Da draußen läuft ein Mörder herum, der das Sterben eines jungen Mädchens filmte und diese perversen Schweine haben darauf gewettet und sich daran aufgegeilt."

Kate war aufgesprungen und packte Steven am Arm. „Jetzt beruhige dich", fuhr sie ihn an und drückte ihn fast mit Gewalt auf das Couch zurück. „Wir finden das genau so furchtbar wie du."

Dann sah sie Mike an. „Kann man verhindern, dass das verbreitet wird?"

Dieser zuckte hilflos die Schulter.

„Das ist schon viral", sagte Steven, immer noch so

erregt. „Begreift ihr es denn nicht? Noch ist es im Darknet, aber jeder von den Spinnern kann es hochladen ins normale Internet und bevor ihr es sperren lasst, haben es Tausende schon gesehen, es…"

„Jetzt sei endlich ruhig, verdammt noch mal, so kommen wir nicht weiter. Wir müssen auf alle Fälle verhindern, dass Doktor Nasab das sieht, er…"

„Es wird niemand sehen" erscholl plötzlich eine Stimme und ließ alle drei zusammenschrecken.

Auf Stevens Laptop war die Wolfsmaske wieder zu sehen.

„Ich wiederhole, keiner wird diese Szene jemals wiedersehen. Steven, du wirst deinen Laptop der Polizei übergeben, ich vertraue dir. In genau sechs Stunden wird dann die Szene auch von deinem Laptop gelöscht. Alles andere überlasst mir."

Dann war der Bildschirm wieder schwarz. Steven nahm seinen Laptop, behutsam, wie ein Neugeborenes und sah ihn ungläubig an.

„Er hat mich gehackt, Wulf hat mich gehackt", murmelte er, teils maßlos erstaunt, teils entsetzt.

Kate, die wusste wie akribig Steven auf Sicherheit achtete, ahnte, wie schwer ihn das treffen musste.

Mike erhob sich. „Gut, wenn er das sagt, hoffe ich, wir können ihm glauben. Steven, wir fahren jetzt ins Präsidium und Frank Keilwert soll das hier sichern bevor es bei dir gelöscht wird."

Er strich Kate kurz über den Arm und küsste sie.

„Geh ruhig ins Bett, ich fürchte, es wird noch eine lange Nacht."

117

Kapitel 21

Mike hatte recht behalten, es wurde eine lange Nacht. Frank Keilwert und seine Mitarbeiter saßen mit Steven Neubauer zusammen, während Mike, Marianne Jäger und Frieder Lein Details zu dem oder der Unbekannten zusammentrugen. Das Ergebnis war mehr als mager.

„Was wissen wir? Es könnte ein Mann sein oder auch eine Frau. Es ist ein Computerfreak mit hohen technischen Fähigkeiten, sehr gut organisiert, verfügt über ausreichende Mittel, aber ist ein Phantom."

Selten hatte Mike seine Kollegin so frustriert erlebt. Ihr Gesicht war in tiefe Falten gelegt, als sie ihn und Frieder ansah. Letzterer hatte wieder sein berühmtes Funkeln in den Augen. Mike bewunderte das zutiefst, besonders nachts um 2.00 Uhr. Er nickte ihm auffordernd zu.

„Ich sehe das nicht ganz so pessimistisch. Aufgrund der Örtlichkeiten bin ich überzeugt, dass er oder von mir aus sie, den Lebensmittelpunkt hier in Plauen hat. Es wäre logistisch einfach nicht machbar gewesen, die zeitnahe Auswahl der...ich sage mal, Protagonisten, zu organisieren und die Gestaltung der Räumlichkeiten so perfekt zu inszenieren."

Marianne lehnte sich zurück und sah erst Frieder, dann Mike an. „Ihr geht also immer noch von einem Einzeltäter aus?"

Beide nickten. „Nicht nur wir", sagte Mike. „Auch Doktor Feigler, der ein grobes Psychogramm erstellt hat."

Marianna Jäger stieß ihre Luft aus. „Das ist wirklich eine Leistung, die gesamte Organisation, das Equipment…"

Frieder fuhr auf. „Da könnten wir ansetzen. Irgendjemand muss das doch angeliefert haben."

Marianne winkte ab. „Der Besitzer des Hauses, Konrad Steudel, hat es mir doch gesagt, er hat das Haus vor drei Jahren vermietet und dafür eine stolze Summe Monat für Monat kassiert. Der Täter hatte drei Jahre Zeit, sich alles auszubauen."

Frieder sah sie stirnrunzelnd an. „Das Gewölbe, selbst ausbauen?"

Mike nahm einen Computerausdruck. „Er hat nichts selbst ausgebaut. Das Gewölbe existiert schon seit fast 150 Jahren. Das war mal eine alte Brauerei, daher auch die Unterkellerung. Die Zellen, wo man die Jugendlichen festgehalten hat, waren alte Lagerräume. Was wirklich interessant ist, dass ist die gesamte Technik. Aber da gibt es bisher nur rudimentäre Ansätze. Laut der Spurensicherung stammt ein Großteil aus Südostasien und Osteuropa, scheinbar von irgendwelchen Schwarzmärkten. Da suchen wir sicher monate-, wenn nicht jahrelang nach Spuren."

In diesem Moment kam Frank Keilwert durch die Tür. Auch er sah, wie sie alle, übernächtig aus. Er setzte sich zu ihnen an den Tisch und schweigend schob Mike die Kaffeekanne in seine Nähe.

„Wir haben jetzt alles auf unserem Server und was soll ich sagen, von Stevens Laptop, alles verschwun-

den. Dieser Wulf, ich bin immer noch sprachlos."
Er goss sich Kaffee in einen bereitstehenden Kaffee-
becher und setzte zum Trinken an. Mike hatte sich
zurückgelehnt und trommelte mit den Fingern auf
die Tischplatte.
„Wisst ihr, die Sache kommt mir seltsam vor. Dieser
Wulf, der ganz große Fische für Interpol und Co.
festmacht, taucht in unserem verschnarchten Plauen
auf, um einen Kerl zu jagen, der mit diesen Escape
Room Storys ein paar Perversen einen Kick verschafft?"
Als alle ihn entgeistert anstarrten, lächelte er etwas.
„Denkt doch bitte einmal in dieser Dimension."
Frieder Lein schüttelte den Kopf. „Elisabeth Nasab ist
vor laufender Kamera erstickt und Charlotta Meisner
wurde gefoltert." Er klang entsetzt, scheinbar über
die laxen Äußerungen seines Vorgesetzten.
Dieser zuckte die Schultern. „Unterlassene Hilfeleis-
tung und vorsätzliche Körperverletzung", meinte er
lakonisch und winkte Frieder zu schweigen, der
scheinbar zu einer entrüsteten Antwort anheben
wollte. Frank Keilwert sah Mike an und nickte
schließlich langsam.
„Ich weiß auf was du hinauswillst", kommentierte er
Mikes zugegeben provokante Äußerungen. „Für den
Wulf ist das keine Hausnummer."
Mike lächelte ihm zu. „Genau. So langsam formt sich
in meinem Kopf ein ziemlich abstruser Gedanke."
Frank Keilwert sprang auf.
„In meinem auch", sagte er und lief hinaus.

Mike war nur kurz zu Hause gewesen, hatte sich geduscht, rasiert und frisch angezogen. Auf dem Weg zurück ins Präsidium erreichte ihn eine WhatsApp von Kate. *„Ich gehe jetzt ins Büro, vielleicht hast du heute Nachmittag ein wenig Zeit zum Schlafen? Ich stelle dir etwas zum Abendessen bereit, falls du es schaffst. Kuss K.* 😊 *"*

Mike musste lächeln. Genau das liebte er an Kate. Als ehemalige FBI Agentin kannte sie genau den Druck, den man innerhalb laufender Ermittlungen hatte. Kein Wort der Enttäuschung über geplatzte Verabredungen, kurzfristig abgesagte Theaterabende, stornierte Tischbestellungen. Hatte er ihr das überhaupt schon einmal gesagt? Immer, wenn er aufgrund seiner Arbeit Schlafentzug hatte, wurde ihm das klar, was er an Kate hatte. Seltsam, warum immer dann?

Als er kurz darauf auf dem Parkplatz des Präsidiums sein Auto abstellte, kam ihm Marianne Jäger entgegen. „Er ist oben, Frieder ist bei ihm."

Mike nickte und als er sein Büro betrat, hörte er Frieder Lein gerade über seine Freundin sprechen.

„Seit zwei Jahren ist sie jetzt an der Palucca Schule in Dresden als Dozentin", hörte Mike und drehte etwas die Augen nach oben. Dieser Frieder war wirklich eine Kategorie für sich.

„Das ist erstaunlich für eine so junge Frau, sie muss sehr gut sein", lautete die sichtlich interessierte Antwort und Frieder nickte leicht errötend.

„Guten Morgen, Herr Nasab", sagte Mike laut und der junge Kommissaranwärter sprang auf.

Auch Kolja Nasab erhob sich höflich. „Guten Morgen, Herr Hauptkommissar. Ich habe mich gerade sehr angeregt mit Herrn Lein unterhalten und verstehe jetzt auch sein Interesse am Ballett, da er ja eine so begabte Freundin hat."

Mike deutete ihm wieder Platz zu nehmen, während Frieder seinen Blick richtig wertete und das Zimmer mit einem höflichen Nicken hin zu Kolja Nasab verließ. Auch Mike nahm Platz und sah seinen Gast eine Weile an. Dieser wandte sich ihm zu.

„Ich wollte mich bei ihnen bedanken, Herr Hauptkommissar."

Mike runzelte leicht die Stirn. Was sollte das denn jetzt? Zugegeben, das brachte ihn leicht aus dem Konzept.

Kolja Nasab nickte. „Sie haben den Leichnam meiner Schwester sehr schnell für die Beerdigung freigegeben, das bedeutet uns sehr viel."

„Nun, es sind mehr als 24 Stunden…"

Kolja hob die Hand, um Mike zu unterbrechen.

„Meine Schwester war keine Muslima. Sie wurde, auf Wunsch ihrer Mutter, im christlichen Glauben erzogen. Für meinen Vater war das kein Problem. Sie wird daher auch christlich bestattet."

Mike hatte inzwischen Kaffee eingegossen und schob Kolja eine Tasse hin, die dieser dankend annahm.

„Warum wollten sie mich eigentlich sprechen, Herr Hauptkommissar?"

Mike sah ihn eine Weile schweigend an, einen Blick, den sein Gegenüber entspannt erwiderte.

„Herr Nasab, sie sind in der IT- Branche sehr bewandert?"

Der Gefragte zog seine dichten Augenbrauen leicht in die Höhe. „Das sollte ich wohl in meinem Job, glauben sie nicht?"

Mike hörte eine deutliche Belustigung aus der Stimme. „Dann sagt ihnen der Name Wulf etwas?"

Die Antwort kam unerwartet prompt. „Wenn sie den Wulf meinen, der bereits einige Internetkriminelle zur Strecke gebracht hat, allerdings sagt mir dieses, ich sage mal, Phänomen etwas. Er scheint ja inzwischen so etwas wie eine Legende zu sein."

Mike glaubte, etwas Abfälliges in der Stimme seines Gegenübers wahrzunehmen.

„Naja, man weiß nicht, ob es ihm so recht wäre als Legende bezeichnet zu werden, nicht wahr, Herr Nasab?"

Dieser rührte etwas Zucker in seinen Kaffee und nahm langsam einen Schluck, stellte die Tasse ab und sah Mike an. „Was wollen sie damit sagen, Herr Hauptkommissar?"

Seine Stimme war ruhig und sein Gesicht entspannt. Mike fragte sich eine Sekunde lang, ob er mit seinem Verdacht falsch lag, aber fragte dann spontan: „Herr Nasab, sind sie der Wulf?"

Sein Gegenüber starrte ihn eine Weile sprachlos an und brach dann in ein schallendes Lachen aus. Es dauerte über eine Minute, bis er sich beruhigt hatte.

„Entschuldigen sie, Herr Hauptkommissar, aber das ist wohl das skurrilste, was ich seit langem gehört habe. Nicht, dass es mich nicht ehren würde, mit dieser großen Legende verglichen zu werden. Aber ich, sorry, das ist zu komisch."

Er erhob sich. „Wenn sie weiter keine Fragen haben, würde ich mich gern verabschieden. Mein Vater braucht mich jetzt in dieser für ihn schweren Zeit. Danke übrigens für den Kaffee."

Er nickte Mike zu und schloss die Tür hinter sich.

Erst als er draußen war, fiel Mike auf, dass Kolja Nasab nicht direkt verneint hatte, der Wulf zu sein.

Omar schüttelte den Kopf. „Du glaubst allen Ernstes, Kolja Nasab ist dieser Internet-Wulf und ich soll zur Beisetzung von Tarek Nasabs einziger Tochter für dich spionieren?"

Völlig fassungslos sah der Pathologe Mike an, der geräuschvoll die Luft einsog.

„Das habe ich nicht so gemeint. Ich dachte… ach, vergiss es." Mike winkte ab und ließ sich tiefer in den Sessel gleiten.

Er hatte am Nachmittag wirklich ein paar Stunden schlafen können und saß jetzt gemeinsam mit Omar und Jasmin bei Kate. Viel konnte er zurzeit wirklich nicht tun. Die Spurensicherung war noch immer bei der Auswertung der unzähligen Spuren aus dem Vierseithof bei Straßberg. Frank Keilwert und seine Leute durchforsteten das Internet nach einer Spur zu dem Entführer und weder Raffaela Schneider, die jetzt wieder völlig klar und zu Hause war, noch Charlotta Meisner, die zwar noch in der Klinik, aber zumindest etwas ansprechbar war, konnten sich an irgendwelche relevanten Details erinnern.

„Deine Sorge sollte es sein, diesen Irren zu stoppen und nicht eine Familie in ihrer Trauer zu belästigen, wegen der fixen Idee, Kolja wäre dieser Wulf."

Omar konnte sich gar nicht beruhigen. Selten hatte Kate ihn so erlebt. Noch ehe sie eingreifen konnte, nahm Jasmin seine Hand in die ihre.

„Das hat Mike auch nicht so gemeint, Omar. Ich denke, es stehen alle derzeit ganz schön unter Druck. Wir können schon froh sein, dass diese Sache noch nicht in die Öffentlichkeit gekommen ist."

„Das ist der Vorteil von diesem vermaledeiten Virus, es gibt deutlich weniger Schaulustige und jeder hat mit sich zu tun", murmelte Mike, was ihm einen skeptischen Blick von Kate einbrachte. Diese schenkte Omar einen Tee nach und setzte sich wieder.

„Immerhin ist es dem Wulf gelungen, die Verbreitung dieses Snuff-Videos, wie Steven es nennt, zu unterbinden. Es ist scheinbar wie vom Erdboden verschluckt", sagte sie und nahm wieder auf der Couch Platz.

„Sagt wer?" Mike sah sie an und sie lächelte.

„Steven. Er arbeitet mit Frank Keilwert und seinen Leuten in dieser Sache zusammen. So heikel er ja sonst gegenüber staatlichen Stellen im Allgemeinen und der Polizei im Besonderen ist, diesmal scheint er die Sache ziemlich persönlich zu nehmen."

Mike schüttelte den Kopf. „Um prompt alle möglichen Interna herum zu posaunen."

„Ich bin quasi seine Chefin, Mike. Und er hat es mir und Jasmin gesagt, also nicht herum posaunt, wie du es auszudrücken pflegst."

Wenn Kate diesen Ton anschlug, war es besser, das Thema zu wechseln. Jasmin schien es geraten, hier einzugreifen.

„Wann ist denn die Beerdigung von Elisabeth Nasab?", fragte sie, was ihr ein Kopfschütteln von Kate einbrachte. Okay, falsches Thema.

„Um 9.00 Uhr, auf dem Friedhof 1." Omar hatte sich scheinbar wieder beruhigt.

Gerade wollte Mike etwas antworten, als sein Handy klingelte. Er nahm das Gespräch an und die anderen Anwesenden sahen, wie seine Augen immer größer wurden. „Steven, beruhige dich. Ruf die Rettung, wir kommen."

Kate war schon aufgesprungen. „Ist etwas mit Steven?", fragte sie alarmiert, aber Mike schüttelte den Kopf. „Der Wulf hat ihn kontaktiert und an den Stadtparkring beordert. Dort hat er den vermeintlichen Entführer festgesetzt. Kommt."

Gemeinsam verließen sie das Haus und rannten die zwei Straßen hinauf, als sie Steven schon, wild mit den Armen wedelnd, sahen.

„Kommt mit, da oben", sagte er und deutete auf eine Baustelle. Dort wurde gerade ein dreigeschossiger Neubau errichtet und ein Kran stand auf dem Gelände. Am Haken des Krans baumelte, von einer gleisenden Lampe angestrahlt, ein Käfig.

„Ach du Schande", murmelte Jasmin und deutete auf die zusammengekrümmte Person, die scheinbar nackt im Inneren kauerte.

Kate sprintete los und kletterte an dem Kran hinauf. „Was machst du?", fragte Mike, der ihr gefolgt war. Sie war schon einige der Stufen an der Leiter hinaufgeklettert. „Schauen, ob der Schlüssel steckt. Dann könnte ich den Käfig langsam herunterlassen", rief sie ihm über die Schulter zu, ohne innezuhalten.

„Wir sollten auf die Feuerwehr und den Notarzt warten. "

Mike war mit Kates Alleingang überhaupt nicht einverstanden.

„Wenn der Schlüssel steckt, lässt Kate den Käfig herunter, etwas anderes macht die Feuerwehr auch nicht und einen Arzt haben wir vor Ort." Jasmin deutete auf Omar, der nickte. In diesem Moment war Kate schon oben angekommen und hob den Daumen. Scheinbar steckte wirklich der Schlüssel.

Sie schwang sich in die Kabine und startete den Motor. Kurz darauf schwankte der Käfig, glitt aber langsam nach unten.

Steven, Omar und Mike ergriffen ihn, als er in ihrer Höhe angekommen war und riefen: „Stopp."

Der Käfig kam etwas unsanft auf dem Boden auf und Mike löste sofort den Haken. Er sah, wie Kate aus der Kabine kletterte und nach unten stieg. Inzwischen öffnete Omar die unverschlossene Tür des Käfigs und sog laut die Luft ein.

Mike sah an ihm vorbei und erstarrte ebenfalls für einen Augenblick. Die Füße der nackten Gestalt waren mit zwei langen Nägeln durchbohrt und am Boden des Käfigs festgenagelt. Der Mann war fest geknebelt und zwei sehr dünne Röhrchen ragten aus der Nase, die sonst mit einer festen Masse verschlossen war. Die Augen des jungen Mannes traten fast aus den Höhlen, so sehr kämpfte er um Sauerstoff, der nur minimal und scheinbar geradeso lebenserhaltend bei ihm ankam. Omar versuchte den Knebel, der mit Panzertape befestigt war, zu entfernen.

„Keine Chance, wir müssen auf die Feuerwehr warten", sagte er, seine hilflosen Versuche abbrechend.

128

Sie hörten bereits in der Ferne die Sirenen.

„Hilfe kommt", sagte der Pathologe zu dem Opfer.

„Für Elisabeth Nasab kam sie nicht", sagte Kate, die wieder unten angelangt war und nun zu ihnen trat.

Erstaunt sah Omar sie an.

„Das ist scheinbar die genaue Inszenierung der beiden Taten. Elisabeth Nasabs Ersticken und das Einsperren und Festnageln von Charlotta Meisner. Nur hat der Wulf ihn am Leben gelassen."

Sie deutete auf zwei große Fotos, die genau in Blickrichtung des Mannes im Inneren des Käfigs angebracht waren. Das eine zeigte die zusammengekauerte und am Boden des Käfigs festgenagelte Charlotta und das andere die sich im Todeskampf des Erstickens befindliche Elisabeth. Auf Grund seiner Position in diesem Käfig konnte er nur auf die Bilder starren und seinen Blick nicht davon abwenden. Er hätte die Augen schließen können, aber nicht angesichts des eigenen Erstickungstodes, so musste es ihm zumindest vorgekommen sein.

„Wie lange ist er schon da drin?", fragte Mike Omar, der auf die Fußwunden schaute. „Ich glaube nicht viel länger als 45 Minuten, maximal eine Stunde. Die Wunden sehen noch sehr frisch aus."

Mike sah sich um. „Und niemand hat etwas gehört?"

Jasmin zuckte die Schultern. „Hier wohnt noch niemand, das nächste Haus ist eine Straße entfernt und es ist spät, dann noch die derzeitige Situation, da haben wir wenig bis keine Nachtschwärmer."

„Trotzdem, es war ein Risiko", meinte Mike.

In diesem Moment wurde alles in blaues Licht getaucht, weil die Feuerwehr und der Rettungsdienst anrollte. Mike gab ihnen die nötigen Informationen, während der junge Mann im Käfig von dem Tape und dem Knebel befreit wurde.

Sofort wimmerte er los. „Meine Füße, oh Gott, meine Füße." Er kämpfte noch immer mit der Luft und seine Lippen, die jetzt sichtbar wurden, waren dunkelblau. „Ich habe Schmerzen", jammerte er, immer lauter werdend.

„Die hatten Elisabeth und Charlotta auch." Kate war ganz nahe an den Käfig getreten.

Der Notarzt sah sie erstaunt an. „Dann ist das…?", fragte er, ohne den Satz zu beenden.

„Wahrscheinlich, aber nicht sicher, noch nicht", schnitt Mike Kate das Wort ab. Der Notarzt war der gleiche, der auch bei Charlottas Befreiung dabei gewesen war, daran erinnerte er sich jetzt. Kein Wunder, das er so schnell eine Verbindung hergestellt hatte. Er beugte sich in den Käfig.

„Dieses Mal haben wir zwei angenagelte Füße, nun ja. Ich gebe ihm Sauerstoff und die Feuerwehr sollte vielleicht den ganzen Käfig in die Klinik transportieren, das wäre sicherer. Dann operieren wir dort."

Der junge Mann wimmerte leise, als der Notarzt einen Zugang legte. „Ich mache eine Analgesie und dann los", sagte er zu den umstehenden Feuerwehrleuten. Das Wimmern wurde leiser, verschwand aber nicht und hob noch einmal zu einem Schrei an, als die Feuerwehrmänner den Käfig auf Kommando zeitgleich aufnahmen und zu einem bereitstehenden Fahrzeug brachten, das breit genug war, um ihn aufzunehmen. Die Türen fielen zu und das Wimmern verstummte.

Der Notarzt zog seine Handschuhe aus und sah Omar an. „Ist das der Kerl?", fragte er.

Omar sah zu Mike hinüber, der sich mit den eintreffenden Polizeibeamten besprach. „Ich sage mal so, zu 99,9%."

Der Notarzt zuckte die Schultern. „Eine echt perfide Rache, wenn du mich fragst, aber sehr wirkungsvoll. Gute Nacht."

Mike trat wieder zu den anderen. „Es wird wohl heute Nacht nichts mehr mit der Vernehmung, aber der Wulf war so nett, den Personalausweis und die Schlüssel des Mannes mit in den Käfig zu legen. Petro Lässig, vierunddreißig Jahre, wohnhaft in Plauen. Ich habe ihn schnell durch das Raster laufen lassen, es liegt bisher nichts gegen ihn vor. Marianne Jäger kümmert sich jetzt um einen Durchsuchungsbeschluss für seine Wohnung. Und ich nehme mir jetzt den sogenannten Wulf vor. Mit dieser Aktion hat er eindeutig übertrieben."

Steven trat ihn in den Weg. „Er hat dir immerhin den Täter geliefert, den ihr vergeblich gesucht habt und, wenn ich mal unken darf, nie gefunden hättet."

„Mutmaßlichen Täter", sagte Mike und schob ihn beiseite.

Kapitel 22

Mike hatte nicht verhindert, dass Omar ihn begleitete, denn dieser hatte genau die richtige Karte ausgespielt. Er und Tarek Nasab waren beide Mitglied der gleichen Gemeinde und am Vorabend der Beerdigung der einzigen Tochter mit haltlosen Anschuldigungen mitten in der Nacht aufzutauchen, konnte nur seine Anwesenheit etwas abmildern.

Mike hätte zwar einige Gegenargumente vorbringen können, verkniff sie sich aber. Vielleicht hatte es doch sein Gutes, Omar dabei zu haben.

Glücklicherweise brannte im Haus von Doktor Nasab noch Licht, sodass sie ihn wenigstens nicht wecken mussten. Erstaunt musterte dieser die beiden Männer vor seiner Tür. „Guten Abend, Herr Hauptkommissar, guten Abend Omar."

Mit einer Geste deutete er ins Innere. Noch ehe Mike etwas sagen konnte, kam ihm Omar zuvor. „Es wurde ein Mann festgenommen, der vielleicht, oder vielmehr mit ziemlicher Sicherheit, der Entführer ist."

Mike stöhnte auf. Genau das hatte er befürchtet, obwohl er Omar wieder und wieder gesagt hatte, so etwas grundsätzlich zu unterlassen. Aber der Pathologe schien unbelehrbar.

„Das sind sehr gute Neuigkeiten", sagte eine Stimme. Sie waren inzwischen im Flur angekommen und oben auf der Wendeltreppe stand Kolja Nasab und beugte sich herunter. Mike sah zu ihm hinauf. „So

könnte man es sagen, Herr Nasab, oder sollte ich
Wulf sagen?"

Doktor Nasab starrte Mike an, dann glitt sein Blick zu
seinem Sohn, der lächelnd und gemessenen Schrittes
die Treppe herabkam.

„Was meinen sie?" Tarek Nasab wandte seinen Kopf
wieder Mike zu. Es war aber sein Sohn, der antworte-
te. „Der Herr Hauptkommissar unterliegt der irrigen
Meinung, dass ich der sogenannte Wulf bin, eine Art
Interneträcher. Habe ich das korrekt ausgedrückt?"
Er sah Mike an, ohne sein Lächeln einzustellen.
Seine ganze Körperhaltung drückte völlige Entspan-
nung aus. Er ließ sich also nicht so schnell aus der
Ruhe bringen. Doktor Nasab trat jetzt seinerseits
einen Schritt vor. „Wie dem auch sei, Herr Hauptkommissar. Aber muss das heute, am Vorabend der
Beerdigung meiner Tochter geklärt werden?"
Er deutete auf die Wohnzimmertür. „Ich würde sie
gern hereinbitten, aber mein Bruder und meine
Schwägerin sind da und noch zwei Freunde. Mir ist
klar, dass dies gegen die derzeitigen Vorschriften
verstößt, aber ich hoffe…" Mike hob die Hand, um
ihn zu unterbrechen. „Bitte, Doktor Nasab. Gestatten
sie mir eine Frage. War ihr Sohn heute Abend zu
Hause?" Der Arzt sah erstaunt von Mike zu seinem
Sohn und zurück. „Natürlich, wir waren den ganzen
Abend hier. Sie können gern unsere Gäste befragen.
Soll ich meinen Bruder holen?"

Mike schüttelte den Kopf. „Danke", sagte er und
deutet Omar zu gehen.

„Und du glaubst wirklich, dass Kolja Nasab der Wulf ist?", fragte Kate, als Mike weit nach Mitternacht wieder bei ihr eintraf.

Er zuckte die Schultern und ließ sich mit einem leisen Aufstöhnen in den Sessel fallen. „Ich weiß inzwischen gar nicht mehr was ich glauben soll. Fakt ist lediglich, dass wir höchstwahrscheinlich den Entführer der Jugendlichen gefasst haben. Er ist noch nicht vernehmungsfähig, aber, zumindest was seine Verletzungen betrifft, außer Lebensgefahr."

Kate hatte sich neben ihn gesetzt und sah ihn an.

„War er das jemals, in Lebensgefahr, meine ich?"

Mike musterte sie eine Weile nachdenklich.

„Ich habe das Gefühl, du zeigst ein ziemlich großes Verständnis für diesen Wulf, der sich hier als Rächer in Szene setzt."

Kate nahm einen Schluck Limonade und lehnte sich dann zurück. Ihr Blick fiel auf die große, alte Standuhr. Es war weit nach Mitternacht. Dann wandte sie sich wieder Mike zu. „Nehmen wir einmal an, du hast recht und Kolja Nasab ist der Wulf. Er hat nichts anderes getan als seine Schwester gerächt und Charlotta gleich mit."

Mike lachte leise auf. „Auge um Auge, Zahn um Zahn? Das ist aber eine merkwürdige Philosophie für eine Ex-FBI Agentin."

Kate stellte ihr Glas zurück auf den Tisch und erhob sich. „Ex- Agentin, wie du so schön sagst. Es ist spät, wir sollten ins Bett gehen."

Schulterzuckend erhob sich Mike.

Kapitel 23

Am nächsten Morgen hatte Marianne Jäger den Durchsuchungsbeschluss versorgt und gemeinsam mit ihr und Frank Keilwert suchte Mike das eher unscheinbare Haus im Plauener Süden auf. Es schien von außen eher spießig, mit grauem Abputzt, einem hellem Jägerzaun und sogar ein paar Gartenzwerge standen an dem exakten Betonplattenweg, der von dem kleinen Gartentor zu Haustür führte.

Am Nachbarzaun tauchte eine grauhaarige Endsiebzigerin auf und beugte sich leicht über den nur hüfthohen Zaun. „Möchten sie zu Herrn Lässig? Er ist nicht da."

Mike deutete Marianne und Frank ins Haus vorzugehen, während er auf die Frau zuging. Er nahm seinen Ausweis aus der Tasche.

„Hauptkommissar Köhler", stellte er sich vor und die Frau schlug die Hände vors Gesicht.

„Mein Gott, ist etwas mit Petro passiert?"

Mike sah sie an. „Wieso glauben sie das?"

Sie deutete auf die Haustür, hinter der seine zwei Begleiter verschwunden waren.

„Sie haben doch seinen Schlüssel und ohne richterlichen Beschluss dürften sie nicht einfach so ins Haus", hatte sie erstaunlich schnell kombiniert. Mike vermutete, dass die Dame eine eifrige Tatortseherin war.

„Er liegt im Krankenhaus, ist aber nicht in Lebensgefahr."

Die Frau runzelte die Stirn. „Und deswegen kommt

die Kripo?" Sie war wirklich ein harter Brocken.

„Wie lang wohnt Herr Lässig schon hier?", versuchte
er das Gespräch in eine andere Richtung zu lenken,
obwohl er das schon wusste, dies hier war Petro Lässigs Elternhaus.

„Ich kenne Petro schon seit er ein Baby war, das hier
ist sein Elternhaus, naja, eigentlich das seiner Mutter.
Sein Vater war schon, als er ein kleiner Junge war,
Richtung Westen fort. Seine Mutter hat ihn dann
allein durchgebracht. Vor drei Jahren ist sie gestorben, Darmkrebs. Seitdem lebt Petro allein hier. Ich
sage ihm immer, such` dir ein nettes Mädchen,
aber…" Sie zuckte die Schultern.

„Frau…" Mike sah sie eindringlich an.

„Oh, entschuldigen sie, Herr Hauptkommissar,
Meinel ist mein Name, Barbara Meinel."

„Also, Frau Meinel, was macht denn Herr Lässig
beruflich?"

Er sah, wie sich im Gesicht der Nachbarin die Emoti-
onen widerspiegelten, die scheinbar gerade in ihr
vorgingen. Aber schließlich entschied sie sich wohl,
ihm alles zu erzählen.

„Das ist etwas knifflig. Ich habe bemerkt, dass er
nicht regelmäßig das Haus verlässt, wie man es tut,
wenn man einer geregelten Arbeit nachgeht. Als seine Mutter noch lebte, war das so. Da hat er in einer
Firma gearbeitet, irgendwas mit Computern. Aber
seit sie tot ist…"

Frau Meinel hob beide Hände.

„Er ist also keiner Arbeit mehr nachgegangen?", fragte Mike und sein Gegenüber wog den ergrauten, schmalen Kopf gedankenvoll hin und her.

„Er war erst viel zu Hause, hat massenhaft Pakete bekommen und dann war er immer mal weg und wieder da. Ich habe mir Sorgen um den Jungen gemacht und ihn sonntags immer zum Essen eingeladen. Ich bin ja auch allein, seit mein Jürgen vor fünf Jahren gestorben ist."

Sie schwieg eine Weile, begann dann aber ohne eine Aufforderung weiter zu erzählen. „Meistens ist er auch gekommen, Petro meine ich. In der letzten Zeit aber dann nicht mehr." Es klang gekränkt.

„Hat er gesagt, warum?"

Frau Meinel nickte. „Er hatte mir schon vor längerer Zeit erzählt, er sei als freier Berater tätig, also auch so mit Computern. Da hatte er wirklich ein Händchen dafür. Hat mir auch meinen Laptop eingerichtet, ich komme wunderbar damit zurecht. Man will ja nicht zum alten Eisen gehören, nicht wahr?"

Sie blinzelte Mike an, der lächelnd nickte. „Und warum kam er dann sonntags nicht mehr zu ihnen?", versuchte er Frau Meinel wieder auf das Thema zu bringen.

„Er sagte, er müsse auch am Wochenende zu seinen Kunden, seine Auftragslage sei so gewachsen, dass er kaum mit Arbeiten hinterherkäme."

Mike nickte bestätigend. „Und was ist Herr Lässig sonst für ein Mensch, wie würden sie ihn beschreiben?"

Die alte Dame dachte nach. „Nun ja, hilfsbereit ist er

immer, aber sonst sehr ruhig, redet wenig. Sehr sauber und akkurat, immer korrekt gekleidet."

Mike sah hin zum Haus. „Waren sie bei ihm im Haus?", fragte er plötzlich und zu seinem Erstaunen nickte Frau Meinel. „Ja, öfter. Im Wohnzimmer und in der Küche natürlich nur, aber da war immer alles tiptop, genauso, als ob seine Mutter noch leben würde."

Jetzt sah er, wie Frank Keilwert in der Haustür erschien und ihm ein Zeichen gab. Er nickte und wandte sich wieder an die alte Dame. „Ich danke ihnen, Frau Meinel."

Als er sich umdrehen wollte, fragte sie leise. „Hat er etwas angestellt, der Petro, irgendwas mit dem Computern?"

Mike blieb stehen. „Wieso denken sie das?"

Sie schüttelte nur mit einer betrübten Miene den Kopf. „Man hört jetzt so viel davon und Petro, er war immer so allein, da…" Sie beendete den Satz nicht und sah Mike an. Dieser atmete tief ein. „Wir wissen es noch nicht, Frau Meinel, mehr kann und darf ich ihnen nicht sagen."

Dann ging er zu Frank, der die Haustür bereits aufhielt. Frau Meinel hatte nicht übertrieben, das Haus wirkte wie frisch gereinigt. Nichts lag irgendwo umher, Diele, Wohnzimmer und Küche waren richtiggehend clean.

„So sehen alle Zimmer aus, als würde hier niemand leben, aber regelmäßig putzen, es sei denn, er hat eine Reinigungskraft angestellt.", sagte Frank.

Mike schüttelte den Kopf. „Nein, das hätte mir die sehr auskunftsfreudige Nachbarin gleich erzählt. Er muss seine Freizeit damit verbracht haben, alles hier auf Hochglanz zu halten."

Frank deutete in Richtung Keller. „Das musst du dir erst einmal ansehen."

Sie stiegen die schmale Kellertreppe hinunter. Der Keller selbst war auf das modernste ausgebaut und schien eine Welt für sich zu sein. In einer Nische stand ein säuberlich mit frischer Bettwäsche überzogenes, schmales Bett, davor ein kleiner Tisch mit einem Hocker. Der große Raum aber war mit unzähligen Servern, Computern und Kameras bestückt.

„Das hier ist seine Schaltzentrale", sagte Frank Keilwert und eine gewisse Anerkennung über dieses hochmoderne Equipment schwang in seiner Stimme mit. Dann zog er sein Smartphone aus der Tasche.

„Ich rufe meine Leute an. Es wird bestimmt Tage dauern bis wir alles geknackt haben, aber ich bin zuversichtlich, dass wir am Ende stichhaltig nachweisen können, dass Petro Lässig der Kopf hinter der ganzen Sache war."

Mike nickte. „Gut, dann macht euch an die Arbeit. Ich hoffe, der junge Mann ist bei seiner Vernehmung einigermaßen kooperativ und dass er wirklich ein Einzeltäter war. Aber wie ich Frau Meinel, die Nachbarin, verstanden habe, scheint er ein Einzelgänger zu sein, also würde es passen."

Er nickte Marianne Jäger zu. „Also fahren wir in die Klinik und schauen, ob wir dort etwas erreichen."

Mike war irgendwie enttäuscht von der Person Petro Lässig, obwohl er zugeben musste, dass die Einschätzung von Bastian Keilwert es ziemlich genau traf.

Lässig hatte etwas feminines an sich, zumindest was seinen Körperbau betraf.

Er lag, beide Beine vom Fuß bis zu den Knien verbunden und gelagert, in einem Einzelzimmer, das von Polizisten rund um die Uhr bewacht wurde.

Nachdem Mike sich ausgewiesen und in der Nähe des Bettes auf einen Stuhl gesetzt hatte, bemerkte er bald, dass er von der Erscheinung nicht auf die Person Petro Lässigs schließen sollte.

Hatte ihn seine Nachbarin, Frau Meinel, als hilfsbereit und nett beschrieben, schien von dieser Person hier nichts anwesend zu sein.

Die Augen, die Mike jetzt musterten, erinnerten diesen an einen Eisbär. Dunkel, starr und völlig emotionslos.

„Haben sie diesen Wulf erwischt?"

Das war die erste Frage, die er stellte. Kein Wunder, dass er seine Stimme mit dem Computer verzerrt hatte. Sie passte zu seinem zierlichen Körperbau und war für einen Mann ungewöhnlich hoch.

„Nein", sagte Mike. „Ich hatte gehofft, sie können uns eine Beschreibung geben. Immerhin sind sie ihm ja sehr nah gekommen."

Petro Lässig schnellte im Bett nach vorn, ließ sich dann aber wieder zurückfallen.

„Ich habe nichts gesehen. Er trug diese Maske und eine Art Overall mit Kapuze und noch dazu Handschuhe."

Mike nickte. „Clever", sagte er nur und sah wieder die emotionslosen Augen auf sich ruhen.

„Das also finden sie clever, Herr Hauptkommissar?" Mike lächelte etwas. „Doch, schon. Immerhin führt er nicht nur uns an der Nase herum, er hat auch ihr System geknackt, ganz einfach. Respekt. Und dann entführt er sie noch, obwohl sie ihr Haus doch so abgesichert haben, mit unzähligen Kameras. Er holt sie sich einfach und nimmt Rache für den Tod von Elisabeth und die schweren Verletzungen von Char-lotta. Er hat sehr überlegt und zielgerichtet gearbeitet und keinerlei Spuren hinterlassen. Ich glaube nicht, dass wir ihn jemals erwischen. Also denke ich, dass die Bezeichnung clever, seine Person betreffend, sehr angebracht ist."

Mike machte eine Geste mit der Hand, als wolle er damit das Thema Wulf beenden. Er stand wieder auf und stellte sich direkt an das Fußende des Bettes.

„Aber sie, Herr Lässig, sie haben wir. Sogar wenn sie alles abstreiten würden, die Beweise sind erdrü-ckend. Der Staatsanwalt ist dahingehend auch unsere Argumentation gefolgt und hat Haftbefehl gegen sie erlassen. Sobald sie transportfähig sind, werden sie in ein Haftkrankenhaus überstellt."

Die Eisbärenaugen starrten ihn nur schweigend an. Mike spürte, dass er heute keine Antworten mehr erhalten würde, geschweige denn ein Geständnis.

Also zuckte er lakonisch mit den Schultern und ver-ließ, ebenfalls wortlos, den Raum.

Die Spurensicherung und auch die Gruppe rund um Frank Keilwert konnten Petro Lässig als Täter der Freiheitsberaubung beziehungsweise Körperverletzung, einmal mit Todesfolge, der sechs Jugendlichen zweifelsfrei nachweisen.

Inzwischen war Lässig in ein Haftkrankenhaus überstellt worden und es war Doktor Feigler, der ein psychiatrisches Gutachten erstellen sollte.

Petro Lässig hüllte sich allerdings, ob auf Anraten seines Anwaltes oder, was alle Beteiligten als wahrscheinlicher ansahen, aus eigenem Antrieb, in Schweigen.

Durch die akribige Auswertung der Spuren beziehungsweise auch dank Doktor Feiglers Interpretationen bekamen die Ermittler eine ungefähre Ahnung davon, was Petro Lässig zu diesen Taten getrieben haben mochte.

Petro Lässig war ein kleines, körperlich schwaches Kind gewesen, dass bereits seit seiner frühsten Jugend zahlreichen Mobbingattacken Gleichaltriger ausgesetzt war. An seinen Vater konnte er sich nicht erinnern, seine Mutter war eine überaus dominante Person, die sein Leben minutiös durchorganisierte und ihren eigenen Hang zum absoluten Perfektionismus auf ihn übertrug.

Dies hatten die Ermittler über die überaus auskunftsfreudige Nachbarin, Frau Meinel, herausgefunden, aber auch in Gesprächen mit anderen Nachbarn und Lässigs ehemaliger Arbeitsstelle herausgefunden.

Dort war er für seine Akkuratesse durchaus positiv

aufgefallen, sozial habe er sich aber nie durch den Versuch, sich in das Arbeitsteam zu integrieren, gezeigt. Er war der typische Einzelgänger, was in einem Computerjob nicht unbedingt negativ auffiel.

Auf seine Kündigung hatte man erstaunt reagiert, die zeitgleich mit dem Tod seiner Mutter stattfand. Als Grund habe er eine berufliche Veränderung angegeben.

Da er und seine Mutter überaus sparsam gelebt hatten, verfügte er über das nötige Startkapital, um sich das nötige Equipment für die Verwirklichung seiner Fantasien zu kaufen, dass er dann sukzessive erweiterte. Schließlich hatte er sich auf die Suche nach einem geeigneten Objekt für seine Escape Rooms gemacht und war auf das Grundstück von dem Rentner gestoßen, der im betreuten Wohnen lebte und dessen Anwesen leer stand.

Woher Lässig den Tipp bekommen hatte war unklar und er würde es ihnen wohl auch nicht sagen, ebenso wenig wie die Tatsache, woher er dann die Mittel genommen hatte die horrende Miete zu zahlen, beziehungsweise die Dekorationen für die einzelnen Mottos der Rollenspiele zu finanzieren.

Doktor Feigler hatte von Anfang an recht gehabt, es ging Lässig nie um das Geld, was er zweifelsfrei benötigte, um weitere Mottos zu finanzieren. Ihn ging es um Macht und um Rache, Rache für alle die Demütigungen, denen er selbst als Kind und vor allem Jugendlicher ausgesetzt war.

„Er ist eine zutiefst gestörte Persönlichkeit", hatte der Psychiater zu Mike gesagt, als er ihn und sein Team aufsuchte. „Was ihn jetzt noch mehr und zusätzlich schwer belastet, ist die Tatsache, dass jemand, also dieser Wulf, in sein perfektes System eingedrungen und ihn öffentlich vorgeführt hat. Das ist für ihn schlimmer als die körperlichen Verletzungen, die er ihm beigebracht hat."

Doktor Feigler wollte gerade von seinem Stuhl auf-stehen, als Mike ihm deutete, noch sitzen zu bleiben. Er beugte sich etwas nach vorn und sah den Psychia-ter an. „Sagen sie, dieser Wulf, was treibt ihn an?" Der Psychiater lächelte etwas. „Es ärgert sie, dass sie ihn nicht bekommen, nicht wahr?", fragte er Mike und dieser nickte spontan.

Es machte wohl keinen Sinn es zu leugnen, es nagte an ihm, einen Verdächtigen zu haben, aber keinerlei Beweise. Doktor Feigler setzte sich wieder bequemer hin und legte die Fingerspitzen zusammen.

„Ich glaube, dass dieser junge Mann das ganze Ge-genteil von Herrn Lässig ist. Auch er ist akribig in seiner Arbeit, das muss er ja auch sein, wenn es ihm gelingt, alle Spuren, die zu ihm führen so gut zu verwischen. Aber er ist selbstbewusst und hat ein hohes Gerechtigkeitsempfinden. Vielleicht bewegt er sich auch gelegentlich außerhalb des Gesetzes, aber immer innerhalb seines eigenen Moralcodexes."

Mike zuckte die Schultern. „Das tun einige Verbre-cher. Sie sind auch überzeugt davon, dass das, was sie tun, ihren eigenen Vorstellungen von Recht und

Gesetz entspricht."

Der Psychiater wog langsam den Kopf hin und her. „Was hat er bisher an einer kriminellen Handlung begangen, außer Petro Lässig nicht nur zu enttarnen, sondern ihn auch einer, in seinen Augen angemessenen Strafe zuzuführen? Nichts. Im Gegenteil, er hat einigen Behörden geholfen, Täterringe zu sprengen, was diesen ohne ihn erst viel später oder gar nicht gelungen wäre."

Mike legte die Hände vor sich auf den Tisch und schüttelte langsam den Kopf. „Ich habe den Eindruck, dass ich hier von Fans dieses Wulf umgeben bin." Er runzelte die Stirn und sah den Psychiater an. Dieser erwiderte seinen Blick. „Sie haben mich falsch interpretiert, Herr Hauptkommissar. Ich bin keinesfalls ein Fan dieser Tat, verstehen sie mich nicht falsch. Mit Sicherheit hat er es nicht geplant, trotzdem hätte Petro Lässig bei dieser Aktion sterben können. Ich wollte ihnen nur etwas über die Persönlichkeit und die Motivation dieses Wulf sagen, obwohl ich mich schon frage, warum er, der so auf seine Anonymität bedacht ist, ein so hohes Risiko eingegangen ist."

Mike sah ihn an und lächelte etwas. „Vielleicht weil er selbst betroffen ist? Zum Beispiel, wenn eine der beiden jungen Frauen eine Verwandte oder Freundin von ihm gewesen ist?"

Doktor Feigler stand auf. „Sie haben schon einen Verdächtigen, stimmts?" Als er keine Antwort erhielt, sagte er leise. „Ob sie das nachweisen können?"

„Wie war die Beisetzung von Elisabeth?", fragte Mike Omar möglichst beiläufig, als dieser ihm zufällig an diesem Nachmittag im Präsidium über den Weg lief. Der Pathologe hatte mit den Kollegen der Spurensicherung in einem anderen Fall noch einen Abgleich vornehmen müssen und wollte gerade nach Hause, als Mike ihn förmlich auf dem Flur abfing. Er sah den Hauptkommissar mit hochgezogenen Augenbrauen an. „Was willst du jetzt eigentlich hören?", fragte er und lehnte sich an die hellgetünchte Wand.

Mike zuckte die Schultern. Dann seufzte er. „Ja, du weißt schon."

Omar lächelte. „Kolja fährt morgen oder übermorgen wieder nach Berlin. Also, wenn du noch etwas von ihm willst solltest du dich beeilen."

Er stieß sich von der Wand ab und hob die Hand. „Wir sehen uns ja heute Abend, vergesst es bitte nicht."

Sie hatten vereinbart, heute Abend noch die letzten Details für Omars und Jasmins Hochzeit zu besprechen. Mike nickte. Als er sich umdrehte, sagte Omar: „Mike, seine Familie und einige Freunde der Familie geben ihm ein einhundertprozentiges Alibi. Wir haben weder an Petro Lässig selbst noch an dem Käfig noch im Haus von Lässig Spuren gefunden, die zu Kolja führen. Er ist vom Haken, glaub mir."

Er hob die Hand und ging den Flur hinunter zu Treppe. Mike sah ihm nach. Er war überzeugt, dass Omar recht hatte. Der Wulf war zu clever, um Spuren zu hinterlassen, außer, er wollte es.

Als Mike an diesem Spätnachmittag seine Sachen im Büro ordnete, atmete er tief ein. Er war noch nie so froh gewesen, endlich etwas Urlaub zu haben.

Die Müdigkeit der letzten Tage lag ihm noch in den Knochen, aber er war zuversichtlich, mit ein paar Stunden ungestörten Nachtschlaf und einem gemütlichen Frühstück mit Kate wieder zur alten Verfassung zurückzufinden.

Diese hatte übrigens recht, er sollte wirklich jeden morgen mit ihr joggen gehen und nicht nur ab und zu. Sie war eindeutig disziplinierter als er, in dieser Hinsicht wie in einiger anderer.

Er nahm die Blumenkanne und goss noch etwas Wasser an die beiden Orchideen, die trotz seinem fehlenden grünen Daumens ihm mit ungeahnter Blühfreudigkeit überraschten. Wenn er jetzt ein paar Tage nicht hier sein würde, wäre es allenfalls Marianne Jäger gewesen, die sich um seine Pflanzen kümmern würde. Aber diese genoss, nach dem abgeschlossenen Fall, auch ihr verdientes Frei. Er stellte die Kanne zurück und nahm sein Smartphone und seine Jacke.

Es war ein schöner Spätsommerabend und er atmete tief ein, als er das Präsidium verließ. Er hatte sein Auto heute an der Freiheitsstraße abgestellt und nicht auf seinem angestammten Parkplatz, weil er mehrmals unterwegs war und nach seinem letzten Einsatz vor einer Stunde nicht mehr durch die Schranke fahren wollte. Gerade kündigte ein leises Brummen eine WhatsApp Nachricht an, als ein „Guten Abend, Herr

Hauptkommissar" ihn aus seinen Gedanken auffahren ließ. Neben seinem Auto stand Kolja Nasab und lächelte ihn an. Mike stockte einen kurzen Augenblick, dann blieb er stehen. „Guten Abend, Herr Nasab."

Dieser hatte beide Hände in den Taschen seiner modischen Jeans stecken, die er jetzt langsam herausnahm, als wolle er Mike zeigen, dass er keine Waffe mit sich führte. Nicht das dieser ihm das zugetraut hätte, aber er erinnerte sich daran, dass Kolja Nasab lange in Amerika gelebt hatte und dort eine ruckartige Bewegung durchaus anders gedeutet werden konnte.

„Ich wollte mich nur von ihnen verabschieden", sagte der junge Mann jetzt.

„Sie fahren nach Berlin zurück?" Mike lehnte sich gegen die Kühlerhaube seines Wagens und sah sein Gegenüber an.

Dieser schüttelte den Kopf. „Nein, ich fliege zurück in die Staaten. Ich habe eine Sondergenehmigung", schob er erklärend hinterher, was Mikes Augenbrauen in die Höhe schießen ließ.

Zu diesen Zeiten war das höchst ungewöhnlich, da internationale Reisebeschränkungen herrschten.

„Ich habe einen Kunden, der meinen Service dringend vor Ort benötigt. Er schickt mir seinen Privatjet."

Eine Weile war Stille, als wolle Kolja Nasab diese Worte wirken lassen. Dabei hatte er überhaupt nichts Großspuriges oder Arrogantes an sich.

Er sagte das, als sei dies die normalste Sache der Welt für ihn.

„Um so erstaunlicher, dass sie sich die Zeit nehmen, sich bei mir zu verabschieden."

Mike konnte sich einen leichten zynischen Unterton nicht verkneifen.

Der junge Mann zuckte lax die Schultern und lächelte ihn an. „Naja, immerhin haben wir ja gemeinsam an diesem Fall gearbeitet."

Mike glaubte seinen Ohren nicht zu trauen. Ehe er nachfragen konnte, sah Kolja ihn an. Er war jetzt ernst und es glitzerte etwas in seinen Augen.

„Ich habe meine Schwester begraben, Herr Hauptkommissar. Der Täter ist gefasst und ich bin sicher, er wird, schon aufgrund seiner schweren Persönlichkeitsstörung, nicht so schnell wieder auf freien Fuß kommen. Aber er konnte, wenn auch nur ein kleines bisschen nachvollziehen, was er Elisabeth und auch Charlotta angetan hat. Genießen sie ein paar erholsame freie Tage, Herr Hauptkommissar. Das meine ich ganz ehrlich. Und grüßen sie bitte Frau Schulz. Sie ist im Übrigen eine außergewöhnliche Frau. Auf Wiedersehen, oder auch nicht."

Ehe Mike etwas erwidern konnte, drehte sich Kolja Nasab um und ging ein paar Schritte auf ein Auto, einen dunklen BMW zu und stieg ein.

Mike konnte ihn nicht aufhalten, warum auch?

Er hatte alles und auch nichts gesagt. Nachdem der BMW aus seinem Sichtfeld verschwunden war, nahm er sein Smartphone heraus und rief die Nachricht auf.

149

Sie zeigte nur die ihm inzwischen bekannte Wolfsmaske und eine Textzeile.

„Auf Wiedersehen, Herr Hauptkommissar, oder
auch nicht."

Nachwort:

Dieser Teil meine Katherina „Kate" Schulz Reihe war eigentlich gar nicht geplant.

Er entstand einmal vor der völlig neuen Lebenssituation, in der wir uns nach dem Covid 19- Ausbruch plötzlich befanden, zum anderen auch vor dem Hintergrund des für mich plötzlich verstärkten Homeoffice. Da schweiften meine Gedanken doch immer einmal ab- bis diese Idee entstand.

Die von mir geschilderten Geschichten, Einrichtungen und Menschen sind zum großen Teil fiktiv, außer, sie haben mir ausdrücklich gestattet, Teil meiner fiktiven Kriminalfälle zu sein…

Real ist zum Beispiel die Plauener Kaffeerösterei und ihr Besitzer Daniel, der so freundlich war mir zu gestatten, Teile meiner Geschichten in seinen Räumen, damals noch im Wilkehaus (Bahnhofstraße), anzusiedeln. (Jetzt befindet sich die Kaffeerösterei im Übrigen in der Neundorferstraße…)

Auch andere Cafés, wie zum Beispiel das öfter in meinen Büchern erwähnte Kaffeehaus Müller, existieren in Plauen und letzteres zählt zu meinen Stammcafés. Die erwähnte Industrieruine der ehemaligen Plauener Damenkonfektion steht in Neundorf. Dort fand wirklich 1918 das geschilderte, schwere Explosionsunglück mit fast 300 Toten, zumeist junge Mädchen und Frauen, statt.

Das Coverbild stammt aus der Sammlung von Lars Buchmann, der mir freundlicherweise gestattete, es zu verwenden.

Autorin:
Annette G. Krupka wurde in Plauen geboren.
Sie besuchte hier die Schule, lernte Krankenschwester, studierte später Pflegemanagement, erwarb einen Masterabschluss und ist als freiberufliche Unternehmensberaterin tätig.
Heute lebt sie in einer Thüringer Kleinstadt und hat ein Fachbuch zum Thema Pflege veröffentlicht.

Virus ist der sechste Teil um die ehemalige FBI-Agentin Katherina „Kate" Schulz, die in ihrer Heimatstadt Plauen ermittelt.
Bisher erschienen sind:
Lebensborn
Golem
Entführt
Methusalem
Filmriss
Weitere Folgen sind geplant.

Nach England und Schottland entführt die Reihe um Jane MacKenzie und Detective Inspektor Peter Brown.
Bisher erschienen sind:
Der Hyde Park Mörder
Die Rache der Kali
Auch hier wird es weitere Folgen geben.

Liebe Leser, danke, dass Sie Kate Schulz bis zum Ende des sechsten Falles gefolgt sind.
Sind Sie neugierig, wie es weiter geht mit Kate Schulz???
Bald ist es soweit:

Kate Schulz 7- **Engelsflug-**

Kate Schulz und Hauptkommissar Mike Köhler besuchen gemeinsam mit dem jung vermählten Paar, Professor Omar Amri und Jasmin Weidner-Amri, den Plauener Weihnachtsmarkt.
Plötzlich stürzt von der Aussichtsplattform der St. Johanniskirche eine junge Frau in die Tiefe.
Es ist Marlen Kirschner, der neue Weihnachtsengel der Stadt. Scheinbar handelt es sich um Suizid, denn es wird ein Abschiedsbrief gefunden.
Während die Polizei den Fall damit abschließen will, kommen Kate Schulz Zweifel an der Selbstmordtheorie und sie beginnt zu ermitteln.
Aber jeder weiß nur Gutes über die junge Frau zu berichten. Aber war sie wirklich der Engel, für den alle sie darstellen?
Und wenn ja, warum musste sie dann sterben?

Leseprobe „Engelsflug"

„Ich bin ja froh, dass Mike wenigstens mithält, das ist ja wie auf einer Party der anonymen Alkoholiker", sagte Jasmin und prostete Genanntem mit ihrem Glühweinbecher zu.

Sie grinste dabei Omar und Kate an, die sich lächelnd ihrerseits mit ihrem Kinderpunsch zuprosteten.

„Ich frage mich, wann du einmal mit diesem Kalauer aufhörst", murmelte Kate und stupste Jasmin in die Seite. Dabei begann deren großes Lebkuchenherz mit der Aufschrift -*Meinem Schatz*- hin und her zu pendeln.

Kate ihrerseits trug ein Lebkuchenherz mit dem Ausspruch -*Ich mag dich*- und obwohl sie sich anfangs dagegen gewehrt hatte, fand sie es doch recht süß von Mike.

Es war ihr erstes gemeinsames Weihnachtsfest als Paar und sie hatten beide etwas Bammel davor.

Dieser Weihnachtsmarktbesuch mit den frischvermählten Ehepaar Omar und Jasmin machte alles etwas ungezwungener, dafür sorgte schon Letztere mit ihrem unverbesserlichen Humor.

„Was habt ihr zwei denn nun zu Weihnachten geplant?"

Scheinbar hatte Jasmin ihre Gedanken gelesen.

Ehe sie antworten konnte, sagte Mike: „Na, an Heiligabend kommt ihr alle zu uns, das war doch so ausgemacht?"

Er sah Omar und Jasmin an, die synchron nickten.

„Und wer ist alle?", hakte Omar nach und nahm eine der gebrannten Mandeln aus der Tüte und steckte sie in den Mund.

„Ihr zwei, dann Abby, sie hat ja Semesterferien und laut eigener Aussage null Bock auf Familie und schließlich Steven, wobei ich denke, er kommt zuallererst wegen Abby."

Kate grinste. Auch sie hatte schon bemerkt, dass sich der Computernerd ein bisschen in Annalena „Abby" Heimat verguckt hatte.

„Da wird es ihn wohl hart treffen, dass wahrscheinlich auch Ben rüberkommen will.", ergänzte sie.

„Ben kommt?", rief Jasmin freudig aus.

Sie mochte Kates ehemaligen FBI Partner.

Kate nickte. „Japp, wenn nichts dazwischenkommt, wird er am 23. in München landen. Er will unbedingt mal eine richtige Deutsche Weihnacht miterleben, hat er gesagt."

Omar sah zweifelnd zu ihr herüber.

„Und du willst kochen?", fragte er.

Er hatte in Kates Kochkünste wenig Vertrauen, was allerdings auch gerechtfertigt war. Die ehemalige FBI-Agentin war in vielen Dingen sehr gut, kochen allerdings gehörte definitiv nicht dazu.

Diese schüttelte den Kopf.

„Dafür habe ich schon gesorgt. Lass dich überraschen. Um dich zu beruhigen, du musst dich nicht meinen rudimentär entwickelten Kochkünsten aussetzen."

Während Jasmin und Omar lachten, bemerkte Kate,

wie Mike sich an ihrer Seite anspannte. Sofort ging auch sie in Alarmmodus.

In diesem Moment sprintete Mike los.

„Halt, stehen bleiben, Kriminalpolizei", rief er hinter einer flüchtenden Frau her.

Diese rannte, ohne sich umzusehen, in Richtung Johanniskirche.

Kate kombinierte schnell, dass Mike eine Taschendiebin entdeckt haben musste.

Da diese in der Regel nicht allein arbeiteten, sprintete sie ebenfalls los. Richtig, direkt an der Ecke zum Johanniskirchplatz wollte die fliehende Täterin einem jungen Mann ihre Beute übergeben, als Kate, die Mike überholt hatte, ihre Hand dazwischenschob.

Die Börse fiel zu Boden und der junge Mann wollte eben wegrennen, als Kate ihn am Arm festhielt.

„Schön hiergeblieben", sagte sie und sah aus dem Augenwinkel, dass Mike inzwischen die Frau am Arm festhielt, die sich allerdings verbissen wehrte.

„Hilfe, er tut weh", schrie sie in gebrochenem Deutsch in die sich inzwischen versammelnde Zuschauermenge.

„Kriminalpolizei", keuchte Mike erklärend, als sich zwei junge Männer aus der Menge lösten, scheinbar mit dem Ziel, der Frau zu Hilfe zu eilen.

Zögernd blieben diese stehen.

Kate hatte mit ihrem Schützling keine Probleme.

Wie paralysiert hielt er still, scheinbar merkte er, dass er gegen diese Frau keine wirkliche Chance hatte.

Inzwischen bogen auch Jasmin und, heftig schnaufend, Omar um die Ecke.

Letzterer sah, dass Mike wirkliche Probleme hatte, die Frau ruhig zu halten, die nicht nur schrie und heftig um sich trat, sondern auch versuchte, ihn zu beißen.

Omar packte sie um die Taille und hielt sie einfach in die Luft. „Ruhe jetzt", sagte er mit seiner tiefen Stimme laut und wirklich, scheinbar schaffte der hünenhafte Pathologe das, was der drahtige Hauptkommissar nicht geschafft hatte. Die Frau hing schlaff in seinen Armen.

In diesem Moment bog ein Streifenwagen um die Ecke und zwei Beamte sprangen heraus.

„Was ist los?", fragte der erste uniformierte Beamte, während der andere sich einen Überblick über die Situation zu verschaffen schien.

Bei Mike blieb sein Blick hängen. „Guten Abend, Herr Hauptkommissar", sagte er erstaunt und Mike nickte ihm zu.

Dann trat er näher an die beiden heran.

„Taschendiebstahl", sagte er kurz und stellte sich neben Kate, die noch immer den jungen Mann festhielt. Er reichte den beiden Beamten die Geldbörse, die die Täterin bei dem Kampf verloren hatte.

Diese nickten.

„Na, dann übernehmen wir wohl jetzt", sagte der erste Polizist und lächelte von Kate zu Mike.

Während er von Kate den jungen Mann übernahm, war der andere zu Omar getreten, der ihm die Frau wie ein Paket überreichte.

Kate richtete ihre Jacke, schob ihr Lebkuchenherz, das erstaunlicherweise unversehrt geblieben war, zurecht und begann plötzlich zu lachen.

Jasmin hielt alle vier, inzwischen leeren, Glühweinbecher in der Hand. Diese zuckte die Schulter.

„Hallo, da ist Pfand drauf", sagte sie lakonisch, was auch die anderen zum Lachen brachte.

Omar legte ihr seinen Arm um die Schulter.

„Ich habe also einen richtig guten Fang gemacht, eine durch und durch sparsame Frau", frotzelte er, was sie mit einem Schnauben quittierte.

Plötzlich sah Omar nach oben. „Wer schmeißt denn da was runter?"

Kate, Mike und Jasmin folgten seinem Blick zum Turm der Johanniskirche und sahen noch etwas Großes, Weißes in die Tiefe fallen.

„Ein Bettlaken?", dachte Kate noch, als es am Boden hart aufschlug und hinter ihr eine Frau aufschrie.

Das war kein Bettlaken gewesen, sondern der Körper eines Menschen.

Ende der Leseprobe